Columbo

Vier Pfoten und ein Halleluja

Barbara Schilling

Bibliographische Information Der Deutschen Bibliothek: Die Deutsche Bibliothek verzeichnet diese Publikation in der Deutschen Nationalbibliographie; detaillierte bibliographische Daten sind über http://dnb.ddb.de abrufbar.

ISBN 9783833492914

Herstellung und Verlag:
Books on Demand GmbH, Norderstedt

Gestaltung und Satz:
Marco W. Linke
artivista I werbeatelier
www.artivista.de

Fotos: Barbara Schilling I www.hunde-buch.com

Inhaltsverzeichnis

Columbo Big Nose

In Kürze ist wieder Weihnachten, und ich brauche meinem liebsten Plüschfreund nicht einmal eine Mütze aufsetzen. Ein kleines Plastikgeweih und fertig: Columbo, the red-nosed Reindeer… Seine unübersehbar große breite Nase, die so zuckend alles und jeden, sogar die gut versteckten Marzipanschweine, erschnüffeln kann, ist Kostümierung genug. Der ehemals tiefschwarze, immer feuchte Riechkolben hat sich mit den Jahren in eine blassrosa dunkelumrandete Stupsnase verwandelt und bildet nach wie vor unleugbar den klaren Mittelpunkt des Hundegesichtes. Schnuppern kann er immer noch genauso gut, nur habe ich mich aufgrund des überraschenden Farbwechsels gefragt, ob die schwarze Nasenfarbe mit der Zeit abblättert oder ich meinen Hund zu heiß gewaschen habe. Columbos wichtigstes Sinnesorgan lässt mich seit jeher über alles mögliche und unmögliche stolpern: verstoßene Käsebrote, Nacktschnecken-Familien, in halbleeren Ölsardinenbüchsen wuchernde Biotope oder unglückliche - weil tote - Igel… Und natürlich Hündinnen in allen Größen und Formen bzw. alles, was diesen auch nur entfernt ähnlich sieht – inkl. dem mit Naturfellen ausgelegten Bollerwagen unserer Nachbarn; schließlich will sich mein treuer Freund keine Gelegenheit entgehen lassen zum … Wenn er mich nicht gerade in Verlegenheit bringt, in dem ich meinen erregten Hund aus dem oben beschriebenen plüschigen Wagen herausholen muss, streckt die Supernase Columbo morgens noch in der geöffneten Tür erst einmal sein immenses Organ in die Luft, um zu checken, was draußen vor sich geht. Hoch erhobenen Hauptes trabt er dann los; zielstrebig in eine Richtung, in der es weder Bäume noch Buddelsand noch sonst etwas Hundeaffines gibt. Doch als wir um die Ecke biegen und Columbo vor Aufregung wild mit der Rute um sich schlägt, erkenne ich den Grund seiner Freude – in Form eines sich bekleckernden Currywurst mampfenden dicken Herrn, der dabei die Hälfte fallen lässt. Schneller als das menschliche Auge zu sehen vermag, schießt Columbo vor, dreht sich Matrix-artig in der Luft und kommt schließlich rittlings auf dem Boden auf – in der Schnauze das Stück Pelle, welches nicht den Hauch einer Chance hatte, auf der Erde aufzukommen. Auf meine „Komm her"-Rufe hingegen reagiert Columbo wieder ausgesprochen langsam. Langsam, zögernd... bis gar nicht. Das heißt, den Kopf in die richtige Richtung drehen, zählt doch auch schon, oder?!

Gartenzwerg

Sommerzeit – Gartenzeit: Schön ist, dass unsere Familie einen gemütlichen Schrebergarten ihr Eigen nennt, noch schöner ist, dass wir oft zum Grillen eingeladen werden, und am schönsten ist, dass Columbo immer willkommen ist! Er freut sich ja generell wie ein Schneekönig, wenn wir mit ihm ins Auto steigen. Aber er freut sich genauso, wenn wir in seiner Lieblingsstraße mit den hohen Bäumen und dichten Hecken parken, weil er weiß, nun steht ihm ein grandioser Nachmittag im Freien bevor, inkl. Pool-, Massage- und Büffettservice … Nach der ausgiebigen Begrüßung unserer Gastgeber, und Columbos erstem Hundekuchen, dem noch viele viele folgen werden, „weil der kleene Hund doch so dünne aussieht", hopst unser Gartenzwerg direkt ins Planschbecken zu einem anderen Zwerg – meinem Neffen. Je nach Tagesform duldet er Columbos Schwimmversuche in seinem Reich, oder aber er versucht ihn solange mit Wasser zu bespritzen, bis er ihn rausgeekelt hat. Doch unser Hund freut sich über das Spiel und schnappt engagiert nach den dicken durch die Luft fliegenden Wassertropfen. Daraufhin versichert sich der kleine Teufel, dass keiner guckt und haut Columbo kurzerhand sein Plastikförmchen über die Rübe, worauf unser Vierbeiner nun tatsächlich beleidigt die Flucht ergreift. Als Trost gibt es gleich noch einen Keks von der gutmütigen Hunde-Menschen-Oma – für beide Schwimmer versteht sich … Columbos nasser schmaler Anblick bringt ihm gleich noch ein Leckerchen ein, diesmal vom Herrn des Hauses, der „ja die Rippen sehen kann!" Columbo dreht seine Runde: Er flirtet mit dem echten Keramikgartenzwerg und stellt sich so auffordernd in Positur daneben, dass der Opa sofort einen Schnappschuss für die nächste Vereinssitzung schießt, erkundet interessiert seine knallrote Zipfelmütze, die so herrlich leuchtend aus dem grünen Gras lugt, und jagt sozusagen präventiv einige imaginäre Maulwürfe – denn es sind keine da. Columbos Kommen muss sich herumgesprochen haben. Schließlich erfrischt er die auf den Liegen dösenden Eltern meines Neffen, indem er sich vor sie stellt und sein nasses Fell so kräftig schüttelt, dass seine Ohren umher fliegen. Prompt sind sie wieder hellwach, und mein Gott, ich staune, was die beiden für originelle Kraftausdrücke kennen! Der Kleinste und Frechste in der Runde, neben meinem Neffen natürlich, knabbert an Brennnesseln, jagt zum Entsetzen meiner Mutter ein paar Setzlinge, beobachtet die Insekten am Johannisbeerstrauch, dessen Stacheln er zu spüren bekommt, buddelt halb den Stamm des Kirschbaumes aus, bis mein Vater energisch eingreift, stupst das Vogelhäuschen an, probiert einige der Körner und flieht erschrocken vor der umfallenden Gießkanne.

Als ich wieder hinschaue, ist ein Kissen zerfleddert, der Stuhl umgefallen, das Handtuch zerfetzt und jemand hat an den hölzernen Verandazaun gepinkelt - und mein Freund war es nicht, hoffe ich ... Unsere Gastgeber wüten rotgesichtig um uns herum, und ich bin sicher, dass uns Columbo dieses Mal ein Hausverbot auf Lebenszeit eingehandelt hat. Doch da ertappen wir den kleinen zweibeinigen Zaunpinkler, meinen Neffen, nun hinterm Haus die Veranda des Nachbarn anvisierend, auf frischer Tat und unser Vierbeiner ist aus dem Schneider! Für dieses Mal. Dass tatsächlich er es war, der das Kissen säuberlich in Hülle und Füllung zerlegt hat, müssen wir ja niemandem verraten. Das schieben wir dem frechen Pinkler einfach mit in die Schuhe. Schnell zupfe ich eine verräterische Feder zwischen den Zähnen hervor und lasse sie in der Hosentasche verschwinden. Ich schicke unseren vermeintlich so wohl erzogenen Hund friedlich grasen. Dabei pustet er einen sichtlich irritierten Käfer ins Gebüsch und verspottet das arme angeleinte Hündchen auf der anderen Seite der Gartentür. Als er sich allerdings mächtig ins Zeug legt, den vorbeiflanierenden Hundedamen zu imponieren, würde er doch gern raus und beneidet den eben noch verspotteten Rüden jenseits der Hecke um dessen Position – der sieht wenigstens etwas und kann sich in Szene setzen ... Als erfahrene Mutter und Oma aller Erziehungstricks mäch-

tig, lenkt ihn seine Ersatzgroßmutter mit einem dicken Gummiball von seinen unerfüllten Sehnsüchten ab. Mit dem Resultat, dass mein Gefährte fünf Bälle innerhalb von zwei Minuten zerkaut hat – inklusive den meines plärrenden Neffen. Ok, Zeit für's Grillen, denke ich. Als ich die Würstchen auf den Rost legen will, fehlen drei Stück. Ich sehe hinunter zu Columbo, der sich verräterisch die Schnauze leckt und jetzt vor Durst aus der Regentonne säuft. Er hat sie stiebizt – und zwar roh. Nach einem sicheren Platz Ausschau haltend, er ist sich des Diebstahls durchaus bewusst, verheddert sich unsere Quietschnase im herunter hängenden Kirschbaumnetz, das eigentlich die Vögel von den Früchten und nicht Columbo von uns fernhalten soll. Gegen Abend lutscht er die Gehwegplatten von Eistortenresten frei. Die Ameisen, die sich auf die leckeren Zuckerpfützen gestürzt haben, werden gleich mit aufgeschleckt beziehungsweise inhaliert. Danach wälzt er sich zufrieden auf der liebevoll gepflegten Rasenfläche. An seinen langen „Schnurrbarthaaren" reihen sich Bröckchen Erde und Wassertropfen - immer abwechselnd Tropfen, Erde, Tropfen, Erde - wie an einer Perlenkette. Schließlich niest er zweimal hintereinander, so stark, dass die Sabber im hohen Bogen davon fliegt und diese das herrlich frische grüne Gras sowie das niedlich frisch gewaschene Gesicht meines Neffen hässlich wie einen Alienkokon verklebt.

Es wird Zeit für's Einräumen, alle helfen mit – außer mein Neffe und Columbo. Der Hund hat dem Kind sein Heiligstes, seinen Knabberknochen überlassen. Versöhnt sitzen sie nun nebeneinander: Mein Neffe pult den Gänseblümchen die Köpfe ab und füttert damit vergnügt unseren unfreiwilligen Vegetarier. Columbo lässt die Blumenreste geduldig auf der einen Seite seines Schlundes verschwinden, um sie auf der anderen Seite angekaut wieder auszuspucken. Da er heute davon abgesehen hat, die Nachbarn zu verbellen und das Kleingartenordnungsschild ernsthaft zu beschmutzen, wider Erwarten nicht mit dem Schwanz den Salat vom Tisch gefegt hat und sich darüber hinaus auch seinen von rohen Würstchen herrührenden Durchfall schön bis Mitternacht, wenn wir schlafen, einhält, habe ich Hoffnung, dass wir wiederkommen dürfen. Die Jury ist jedoch noch zu keinem endgültigen Urteil gelangt.

Frühlingszeit

Frühlingszeit – Columbo trippelt durch's Gras, die Nase konsequent am Boden. Er spürt Krokusse, Käfer und Karnickel auf, ungefähr in dieser Reihenfolge. Die Krokusse schmecken nicht, ihm hängt noch ein Blatt im Brustfell von der letzten Vegetarierverkostung, die mein Vierbeiner als unbefriedigend empfand und stattdessen den süßen kleinen Käfer probieren wollte. Doch dieser versteckte sich schnell unter einem Blatt und entkam so einem ehrenlosen frühzeitigen Dahinscheiden im Maul eines sabbernden Golden Retrievers. Da die Kaninchen ohnehin die Sause machen, sobald unser Hund nur in ihre Nähe kommt, was dieser inzwischen weiß und doch nicht davon lassen kann, ihnen einige Meter alibimäßig – er kommt dann mit seinem unschuldigen „Ich-hab-es-versucht" Jagdhundblick zurück – nachzusetzen. Beim zweiten Haken jedoch täuscht er Müdigkeit oder gar eine Verletzung vor und humpelt leidend in die andere Richtung. Bis er etwas Neues entdeckt, dann ist das Humpeln vergessen und er springt fröhlich einer Krähe hinterher …

Doch heut ist es anders; er hat etwas wahnsinnig Aufregendes, das sogar Kaninchen und Krähen toppt, entdeckt: Es quiekt, ist braun gefleckt, kugelt sich vorwärts und riecht ganz fantastisch. Columbo hüpft enthusiastisch um eine Hand voll Beagle herum. Der Welpe ist winzig – im

Verhältnis zu Columbos 35 Kilogramm schwerem und lang behaartem Körper – und unbeschreiblich niedlich. Unwillkürlich muss ich beim Anblick der kleinen Ohren und großen Pfoten, der tolpatschigen Schritte und ungestümen Freudensprünge an Columbos Welpenalter denken. Die beiden umkreisen sich interessiert – immer die Nase am Hinterteil des Vordermanns. Der Welpe streckt den Hals, um an Columbos Schwanz zu kommen, doch sie reicht ihm gerade bis zum Knie. Also legt er sich hin; das Beaglechen turnt nun munter auf seinem Bauch herum und beschnüffelt ohne Ausnahme sämtliche Körperregionen des Hundeberges unter ihm. Später tollen die Hunde - bzw. der Hund und der, der es mal werden möchte, wenn er groß ist ;-) - ausgelassen umher. Hin- und hergewälzt, abgeschleckt, angeknabbert; die Frauchen sind total abgeschrieben – Menschen? Gerade extrem uncool. Na gut, die Dame, die dieses Süße Häufchen Hund später auf dem Arm zurück über die Straße tragen wird, ist sehr sympathisch und hat ihre Angst um das Hundekind schnell verloren – auch wenn dieses ab und zu zur Gänze unter Columbos Fell zu verschwinden droht. Auf der anderen Seite taucht es immer wieder auf und freut sich, meinen Hausgenossen mit der winzigen Nase frech in die Seite zu stupsen. Es muss einige Male stupsen, bis Columbo die Bewegung überhaupt wahrnimmt, doch dann

heißt es: jagen und gejagt werden ... Nach einer Weile liegen beide erschöpft am Boden und wir sitzen auf einem Stein im Gras daneben. Die Sonne spielt im seidigen Fell der Tiere und ich freu mich auf die kommenden Wochen. Und im Übrigen: nein. Ich möchte nicht die Zeit zurückdrehen. Als Columbo noch so klein war, war es sehr schön, doch jetzt ist das Zusammensein mit ihm auch sehr schön. Ich möchte keinen Tag missen.

Am nächsten Morgen gehen er und ich erwartungsvoll zur gleichen Zeit exakt dieselbe Route in der Hoffnung, wieder den kugelnden Beagle und Frauchen zu treffen...

Und tatsächlich: Da hinten im hohen Gras wackelt und quietscht es verdächtig.

Columbo und die Handwerker

Morgens Punkt sieben Uhr brüllt mir der Wecker ins Ohr. Er brüllt tatsächlich, denn seit Wochen beherrschen die Handwerker jeden Bereich unseres Lebens. Direkt vor meinem Schlafzimmerfenster schimpft der kleine Mann im Blaumann mit der sogar Glas durchdringenden Stimme mal wieder wie ein Rohrspatz: „Scheiße, dit gloob ick nich Alter! So´ne Kacke! Kann doch nich wahr sein …" usw. Im Gleichtakt mit seinen derben Flüchen hämmert er wild mit einem in meiner Vorstellung riesenhaften, weil schmerzhaft lauten Werkzeug an die Mauer. Zwei Minuten später steht Columbo morgendlich verschlafen und mit von seinen Wurst- und Wuselträumen zerzaustem Fell an meinem Bett. Er beschließt, seinen Unmut zu äußern, indem er hoch und vernehmlich in mein anderes Ohr zu fiepen beginnt. Zwei Dutzend Flüche und drei Mal Zähneknirschen später ergebe ich mich in mein von Gott- oder der Hausverwaltung gegebenes Schicksal und mache mich auf zum Gassigehen. Auf dem Weg die Treppe hinunter schnüffelt mein wohlerzogener Hund den Malern so frech an den farbverschmierten Hosenböden, dass selbst die hartgesottensten Bierflaschenhalter aufgrund der intimen Belästigung mit einem spitzen Aufschrei erschrocken herumfahren. Auf dem Hof halten der Flucher und die anderen Gesellen eine Brotzeit und grüßen freundlich, so weit ich das mit meinen vom Schlafmangel verquollenen Augen beurteilen kann. Kurz vor der Hoftür werde ich bezüglich meiner Reaktionsschnelligkeit auf die Probe gestellt – und versage kläglich. In Sekundenbruchteilen hat Columbo eine unbeaufsichtigte halbaufgegessene Wurstsemmel geortet: Ein Blick links, ein Blick rechts, haps schon ist sie weg, inkl. der Serviette, die wenigstens aus Papier und nicht selbst für meinen Allesfresser schwer verdaulichem Leinen bestand. Doch bevor ich ihn endlich vom Tatort fort manövrieren kann, schleckt Columbo auch noch hingebungsvoll drei Brotkrümel und ein Pfund Dreck vom nicht gerade sauberen Boden. Eine Schraube spuckt er wieder aus. Mit diesem Mundraub ist Columbos Mut aber auch schon erschöpft: Mein Jagdhund mit dem Gewicht eines Kindes und dem Gebiss eines Raubtieres traut sich nicht über den Hof zu laufen. Warum? Weil dort schon wieder alles anders ist als gestern. Furchteinflößende Bretter, gefährliche Mörtelsäcke und diabolisch flatternde Plastikabdeckungen treiben meinen Hund in den Wahnsinn. Heute ist es besonders schlimm, weil er die verhassten ausgelegten Planen auf dem Boden nicht mehr umgehen kann. Es gibt keinen freien Flecken sicheren Bodens mehr, auf den er seine verwöhnten Samtpfötchen setzen kann. Panik steht ihm ins markante Hundegesicht geschrieben. Was tun? Nach langen fruchtlosen Bitten, energischer werdenden Schimpftiraden und schließlich ungeduldigem

Anschieben, muss er sich der Situation stellen: Im zitternden Slalom um Mischmaschine und Werkzeug bahnt er sich seinen Weg durch den Baustellendschungel. In der Mitte bleibt er sogar plötzlich stehen, um dann doch neugierig und selbstvergessen am Farbeimer zu schnüffeln … Als er aber wieder den Kopf hebt, wird ihm seine Lage bewusst und die Angst gewinnt erneut die Oberhand. Die Hindernisse lassen ihn weder vor- noch zurückkommen, verzweifelt fängt er auf der Suche nach einem plastiklosen Ausweg an, sich im Kreis zu drehen. Immer schneller, immer enger. Gerade als ich befürchte, dass er sich durch die gefürchteten Planen hindurch gleich in den Hofboden bohren wird, erbarmt sich einer der Herren Bauarbeiter. Er steht auf, schnappt sich das rotierende Haustier und trägt es auf einem starken Arm mit mitleidiger Miene auf die andere Seite. Ausgerechnet der Flucher, den ich in im Halbschlaf schon tausend Mal erwürgt habe, setzt das verwirrte Häufchen vorsichtig vor mir ab und streichelt ihm mit seiner schwieligen Pranke zärtlich über das goldene Fell. Zerknirscht murmele ich einen Dank.

Nachdem sich diese Szenerie die nächsten drei Tage wiederholt hat, kennen sämtliche raue Handwerkergesellen Columbo beim Namen. Ihr Blick unter den selbst gebastelten Papierhüten wird weich, wenn mein Vierbeiner sich mal wieder in der Abdeckfolie verheddert oder gedankenverloren auf das Farbabtropfsieb tapst.

Columbos „Marktwert"

Samstag früh. Columbo und ich machen unsere Runde am Markt vorbei. Es herrscht geschäftiges Treiben, doch noch ist alles seltsam gedämpft von der morgendlichen Wochenendatmosphäre. Erste warme Sonnenstrahlen bahnen sich ihren Weg durch die schmale Marktgasse, die noch von Autos und Kleintransportern verstopft ist. Musik ist zu hören, sonst ist es relativ still - keine Hektik, wenige Passanten und Fahrzeuge auf der Straße. Ich genieße auf einer Bank sitzend die Ruhe vor dem Sturm. Mein treuer Geselle grast derweil die Wiese ab. Kisten werden ausgeladen, Stände aufgebaut, letzte Hand an Preisschilder und Dekorationen gelegt. Einzelne Gesprächsfetzen dringen an mein Ohr: „Hallo Sabine. Hast du vielleicht eine lange Schürze für mich?", "Hallo Herr Herbert!" ... Columbo hat sich inzwischen in den Schatten unter der Sitzfläche verkrochen. Er beobachtet Ameisen und niest vernehmlich, als sich eine Fliege flegelhaft auf seinen Wimpern niederlässt. Allmählich werden die Luken aufgeklappt und festgehakt, das Wechselgeld bereit gelegt. Gleich, in wenigen Minuten werden die meisten Autos aus der Gasse verschwunden und stattdessen eine Horde Einkäufer und Touristen hier sein.

Ich und Columbo sind die ersten am Fischstand. „Morjn!", begrüßt uns der nette Fischverkäufer mit unüberhörbar norddeutschem Akzent.

„Guten Morgen. Ich hätte gern zwei Stück Seelachsfilet", er lächelt „von hinten ohne Gräten wie immer", ich nicke dankbar, „und einmal Rollmöpse." Ich deute auf das Eimerchen mit der Aufschrift. Mein Hund schaut interessiert zu und zuckt mit seinem Rüssel, als ich das gut riechende Päckchen an seiner Schnauze vorbei in meiner Tasche verstaue. Fröhlich folgt er mir, die Tasche mit dem Fisch nicht aus den Augen lassend. Doch schon bald wird es ihm zu langweilig – und voll. Die stetig mehr werdenden Besucher nerven ihn. Vor dem Gemüsestand fällt er schließlich in eine Proteststarre, er bewegt sich kein Stück mehr, läuft nicht, steht nicht, sitzt stocksteif wie diese geschmacklosen Glashunde in manchen Wohnzimmern da. Gleich einem tonnenschweren Stein, lässt er sich keinen Millimeter verschieben. Es scheint ihm gleich zu sein, dass Kinderwagen nicht durchkommen, bekrückte Senioren Hilfe suchend ausweichen müssen und sowohl Kinder wie Erwachsene, mit Tausenden von Ökolebensmitteln bepackt, mit akrobatischen Verrenkungen über seinen buschigen quer über den Weg liegenden Schwanz steigen – ist ihm völlig wurscht!

Irgendwann greife ich zum Äußersten: Einzig die Überredungskunst eines Rollmopses kann Columbo zu einem Platzwechsel bringen. Doch schon an der nächsten Station, ich brauche noch

Obst, geht der Sitzstreik von vorn los. Mein vernünftiger?, wohlerzogener?? Liebling legt sich schließlich sogar hin. Natürlich quer – wie eine Schranke. Hinter uns bildet sich eine lange Schlange, allerdings in einigem Abstand, da Columbo sich nicht bewegt, wenn die Personen vor uns aufrücken. Mitleidige und ärgerliche Blicke, Naserümpfen und Getuschel sind die Folge - ich erwäge ernsthaft die Flucht, Obst wird ja auch total überbewertet, doch nicht einmal diese ist mir möglich mit diesem sturen Betonklotz an meiner Leine. Bleierne Müdigkeit muss ihn plötzlich überkommen haben: er gähnt demonstrativ und legt den Kopf auf die Pfoten. Ich werde fast wahnsinnig mit diesem Esel! Er rückt nicht, keinen Deut von den Pflastersteinen, hält den ganzen Verkehr auf in dieser Minigasse; es bildet sich ein gewaltiger Stau und erste Unmutsrufe sind zu hören, Kleinkinder plärren … Schweiß rinnt mir den Rücken hinunter. Ich ziehe, locke, bettle, schimpfe, schäme mich für uns beide und versuche es sogar in Fremdsprachen „go", „allez", „vamos", es tut sich nichts! Erst als erste faule Äpfel und matschige Kartoffeln von den erbosten Standinhabern fliegen, zeigt mein Geduldtrainer auf vier Pfoten Reaktionen. Nachdem er ein Stück Kartoffel probiert und als ungenießbar eingestuft hat, hebt er endlich seinen Hintern von der Straße und trottet, mit mir an der Leine gemächlich davon, als wäre nichts gewesen. Nach dieser peinlichen Aktion kaufe ich wieder im Supermarkt ein, wo Hunde ohnehin keinen Zutritt haben. Columbo bleibt brav zuhause und ich kann in Ruhe über andere Hundehalter mit unartigen Vierbeinern herziehen, die draußen die halbe Stadt zusammenbellen, weil sie denken, ihr Herrchen hätte sie hartherzig neben Fast-Food-Abfall, Mülltonnen und Wein aus Pappkartons trinkenden Chlochards ausgesetzt.

Ach, tut das gut, auch mal die Nase zu rümpfen, vorwurfsvoll drein zu schauen und geheimnisvoll zu tuscheln ;-)

Nachbarschaft – Hilfe!

Columbo hat einen neuen Hundenachbarn: Arnold - klein, frech und umwerfend charmant. Als Labrador-Pudel-Mix eine mir bis dahin unbekannte Spezies – „hm, ein Pudel und ein Labrador, hi hi … wie die wohl … na ja, wo die Liebe hinfällt …", doch besitzt er ein ausgesprochen sonniges Gemüt und unleugbar süß gelocktes Pudelfell. Schon beim ersten Zusammentreffen, der Welpe lag völlig groggi von dem aufregenden Tag an die Küchenwand seines neuen Heimes gelehnt, eroberte er unsere Hundeliebhaber-Herzen im Sturm. Obgleich er kaum die Augen auftat, zog er uns durch seine bloße Anwesenheit augenblicklich in seinen Bann: Die kleine zuckende Nase im dunkelblonden Fell, das niedlich über die tollpatschige linke Pfote fließende Ohr und das friedliche Heben des Miniatur-Brustkorbes löste einen Elternreflex aus, der uns beinahe zu übereilten Urlaubssitterangeboten hingerissen hätte. Am nächsten Tag war das Entzücken noch größer: Sein runder Kopf wurde leicht zur Seite gedreht, seine blanken schwarzen Äuglein blickten erwartungsvoll auf meine Hand, während seine Beinchen fast gänzlich im Flokatiteppich versanken, was ihm einen zusätzlich kindlich-putzigen Ausdruck verlieh. Mutter Natur hatte ganze Arbeit geleistet; bei diesem kleinen Gesellen funktionierte das Kindchenschema hervorragend. Doch würde es das auch bei Columbo tun? Sicher. Die letzte Begegnung mit einem Welpen war sehr vergnüglich. Columbo hatte ihn interessiert von allen Seiten beschnuppert, dann den Rest seiner Mahlzeit aus dem winzigen Napf geklaut und sich die nächsten Stunden ausgiebig der Körperpflege gewidmet – der des Welpen. Als wir wieder nach ihnen sahen, saß der kleine Hund klitschnass auf dem Flur und sah uns ungläubig an. Columbo hatte seine Mutterinstinkte entdeckt und seinen wehrlosen Schützling von oben bis unten komplett abgeleckt, sozusagen von allen fremden Einflüssen „gesäubert". Die Dame des Hauses war damals wenig erfreut gewesen und hatte ihren Hund murmelnd und seltsam starr dreinblickend mit einem Handtuch frottiert. Als Columbo einen neuerlichen Versuch gestartet hatte, dem Kleinen mit der Zunge beizukommen, war sie furiengleich dazwischen gegangen, so dass sich unser tapferer Jagdhund ängstlich für den Rest des Abends unter den Couchtisch geflüchtet hatte, der allerdings so niedrig war, dass er fast nicht wieder allein herauskam, als es Zeit war, sich von unseren Freunden und ihrem immer noch von Columbos Speichel feuchten Schützling zu verabschieden. Beinahe ein für allemal, denn beim Hinausgehen hinterließ Columbo eine unfreiwillige aber vierfüßige Schokoladenspur auf der teuren Auslegware unserer Yuppiebekannten …

Seitdem treffen wir uns draußen auf dem Hunde-
spielplatz oder bei uns – Parkett vergeht nicht ;-)
Doch noch waren wir in ihrer Wohnung: Nun,
Columbos Reaktion auf das neue Nachbarskind
jedenfalls war wie erwartet, äußerst positiv. Interessiert beschnupperte er ihn an allen erdenklichen
und nicht erdenklichen Körperstellen, wobei der
ungelenk auf dem Rücken zappelnde Junghund
wieder einen Anblick zum Jubeln bot, inspizierte
seinen bis auf wenige Krümel leeren Fressnapf
und begann dann, das rechte Ohr des Kleinen zu
lecken. Doch dieser war munter und verwirrt und
zischte wie vom Blitz geölt unter den Flokatiteppich. Columbo sprintete natürlich hinterher – eine
wilde Hetzjagd unter der Oberfläche begann.
Allerdings drohte Columbo, der an Größe und
Gewicht etwa dem Zehnfachen des pudeligen
Winzlings entsprach, deutlich mehr Schaden an
Blumentöpfen und Dielenböden anzurichten. Wieder einmal dankte ich im Stillen dem hartnäckigen
Versicherungsmakler, der uns bereits wenige
Tage, nachdem er Columbo kennengelernt hatte,
dringenst eine Hundehaftpflichtversicherung ans
Herz gelegt hatte. Der Spuk nahm kein Ende: Wie
Tom und Jerry jagten die beiden Langhaarigen
durch die Wohnung um Stuhlbeine und Schränke
herum, über Schuhe und Läufer hinweg bis ich
plötzlich einen leichten Druck in meinem Schoss
verspürte. Der Welpe hatte sich auf meine Beine

gerettet, was Columbo nun vollends verwirrte. Ein fremder Hund bei seinem Frauchen?! Kleine scharfe Milchzähne zwickten mich in die Seite, doch ich konnte den Mini-Gremlin nicht wieder auf den Boden setzen, weil seine offene Schnauze noch immer an meinem Pullover hing. Einzeln sortierte ich die Maschen aus seinen Zähnchen und fühlte dabei, die warmen Rippen unter dem noch dünnen Fell. Mein liebster Haushund hatte währenddessen brav vor mir Sitz gemacht und beobachtete den Kampf des Ungeheuers mit meinem Pulli. Schließlich legte er sich auf meine Füße und schlief ein. Vorsichtig bugsierte ich das Hündchen auf seinen Platz zurück und lauschte den Klagen der übernächtigten Hundeeltern. Minuten später schlich der süße Haudegen mit einem Hausschuh um die Ecke. Neben seinem kleinen Körper sah der Schuh überdimensional riesig aus – wie Schuhgröße 58. Ein klares „Nein!" sollte ihn zur Besinnung bringen, doch er ließ sich samt Schuh genüsslich in die Teppichfransen fallen und begann zu nagen. Einige Zeit später, der Schuh hatte seinen angestammten Platz wieder eingenommen und der Schuhräuber das Nachsehen, lugte er abermals um die Ecke zum Zimmer. Dieses Mal hatte er gleich beide Hausschuhe in der Schnauze, was bei dieser Größe wirklich eine Leistung war, schließlich verdeckten ihm die breiten Sohlen jede Sicht und so taumelte er ehrgeizig hin und her, keinesfalls eine

Niederlage akzeptierend. Beim dritten Raub der Schuhe erwachte Columbo aus seinem schmatzenden Mittagsschlaf. Der Kleine kam mit gesenktem Kopf langsam auf uns zu. Zwischen den Zähnen hatte er ein braunes Band, an dem er schwer zog. Plötzlich stockte er; er ruckte einige Male, dann flog ein brauner Herrenschuh über die Türschwelle und zog dem Hund die Beine weg. Verdutzt saß er auf seinem Hintern, stürzte sich dann aber entschlossen auf seinen ledernen Feind und würgte ihn erbarmungslos an den Schnürsenkeln. Columbo rannte freudig wild hinzu und begann, energisch zu kauen. Eine Stunde später schloss sich die Wohnungstür unserer Nachbarn hinter uns. Wir hinterließen nebenan einen bleibenden Eindruck, einen nassen Welpen und 120,00 EUR für ein neues Paar Lederschuhe…

Columbo natural

Als ausgemachter Naturfreund weiß Columbo Landschaften natürlich besonders zu schätzen. Geradezu kindisch kann er sich an weiten grünen Wiesen, knöchrigen alten Bäumen und vor allem am Wege liegenden Würstchenbuden mit großherzigen und großzügigen Besitzerinnen erfreuen. Doch nicht nur verschlungene Waldwege und von anderen Tieren duftmarkierte Büsche haben es ihm angetan, sondern auch wogende Felder. Kopfüber stürzt er sich in das dichte Gestrüpp der Halme. Er würde verschwunden bleiben, könnte man nicht bei genauem Hinsehen, seinen Weg an der schlangenlinien-förmigen Bewegung der Ähren ausmachen. Vom Hund an sich ist außer für Sekundenbruchteile die Spitze seiner hocherhobenen Rute nichts zu sehen. Taucht er dann plötzlich wie aus dem Nichts wieder auf der angrenzenden Wiese auf, macht er seinem wuscheligen Schafs-Pelz alle Ehre und beginnt, friedlich zu grasen. Minutenlang rupft er genüsslich lange Halme ab, um sie langsam zwischen seinen schwarzen Lippen ins Nirwana seines alles verschlingenden Magens abtauchen zu lassen. Gemächlich trabt er von einem Weideplatz zum nächsten, senkt wieder den Kopf und rupft weiter Gras aus dem Boden. Kommt ihm aber eine Fliege zu nah, entsinnt er sich seiner gut verborgenen Jagdinstinkte und springt eifrig umher, natürlich ohne die flinke Fliege zu erhaschen. Am sich wiederholt schep-

pernd klappenden Geräusch der Zähne beim Schnappen nach dem Flugtier kann man die Anzahl seiner gescheiterten Versuche zählen. Ab und zu hält er inne und schaut erstaunt einem über ihm in der Luft kreisenden Vogel zu. Zum Hasenjagen ist er zur Zeit generell zu faul. „Ist ja ooch logisch", hatte mir neulich ein betagter Golden Retriever Besitzer mit seinem lethargischen, übergewichtigen Hund an der Leine ungefragt erklärt: „Retriever sind zwar Jagdhunde, aber", dabei ließ er heftig seinen Zeigefinger unter meiner Nase zucken, „aber, die hol´n nur die bereits jeschossene Beute. Die apportieren! Rettis jagen doch keene lebendigen Tiere!" schloss er halb spöttisch, halb entrüstet seine hochinteressanten Ausführungen. Ich verkniff mir, von den vielen Stunden verzweifelter Apportierübungen mittels einer garantiert toten Plastikattrappe mit meinem Apportierhund zu berichten und stahl mich davon, als der Mann sich gerade nach der schrill gestylten Nachbarin und ihrem ebenso frisierten Königspudel umsah. Nichts wie weg, denn am liebsten bin ich allein mit meinem Vierbeiner unterwegs. Nur wir und die Natur ... Abgesehen von den paar Joggern. Hm, und den drei, vier vorbeirasenden Fahrradfahrern. Ja ja, sicher, einige andere Hundebesitzer trifft man auch schon mal. Und, na gut, so ein Reiter oder die kleine Pferdekutsche mit den lärmenden Touristen… Aber sonst: herrlich ruhig! Ich habe auch nichts gegen Pferde, ehrlich. Solange ich nicht auf ihnen sitzen muss. Oder sie anfassen. Oder in ihrer Nähe stehen: kein Problem. Sind auch wirklich schöne Tiere – so aus der Ferne betrachtet, wie große Hunde... Sehr hübsch, wenn sie das Maul geschlossen haben, so dass man ihre riesenhaften Zähne nicht sieht... Aber das ist wohl ein anderes Thema. Jedenfalls ist es immer eine wahre Freude, Columbo dabei zu zusehen, wie er sich von wohligen Lauten begleitet in frischen Pferdeäpfeln suhlt. Es macht Spaß, sein schmieriges Wohlgefallen zu betrachten. Zumindest bis man zu Hause ist und sich über den durchdringend süßlichen Geruch im Zimmer wundert. Also versuchten wir es einmal mit Spaziergängen in der Stadt. Allerdings ist es bereits Schlaganfall-verdächtig spannend, mit meinem Hund an einer Hecke vorbeizulaufen. Man weiß nie, was im nächsten

Augenblick passieren wird. Selbst die gefährlichste Szene in jedem Thriller ist nichts gegen die Schweißausbrüche, wenn unsere sechs Beine das dichte dunkle Blattwerk einer Hecke passieren. Mein Puls rast, mein Herz pocht und in meinen Beinen steckt schon der Fluchtreflex. Wird gleich, wie im letzten Sommer, ein angriffslustiger Kamikaze-Kater aus dem grünen Dickicht hervorstürzen, Columbo mit dem ersten Fauchen kilometerweit in die Flucht schlagen und mir die Waden bis zum Knie blutig kratzen? Oder dringt erneut ein dumpf grollendes Bellen, das direkt aus einer der Höllen Dantes zu kommen scheint, neben meinem linken Ohr durch das Heckengestrüpp, so dass ich mich blass frage, was das für eine genmanipulierte überdimensionierte Hunderasse auf der anderen Seite ist. Nur wenige Zentimeter von meinem verwirrten Kopf entfernt bellt mir ein Hunde-ähnliches Tier mit der Schulterhöhe eines Titanen derart laut in die Ohrmuschel, dass ich sofort einen Tinnitus bekomme. Hilfesuchend sehe ich mich nach meinem zuverlässigen Begleiter um, doch der hat sich bereits flach unter einer Mülltonne versteckt und will nichts mit mir zu tun haben, solange sich die Gefahr so nah bei mir befindet. Die harmlose Variante wäre ein über die Hecke fliegender Fußball, den Columbo augenblicklich mit einem irren Ausdruck in den braunen Augen ergattert und in zwei Sekunden kaputt gebissen hätte. Liebliche

Kinderstimmen ertönen und verlangen energisch ihren „verdammten Fußball, Scheiße noch mal!" zurück. Aufgrund der höflichen Bitten sehe ich mich gezwungen, Columbo das weiche Leder zu entwenden, was er heftig zu unterbinden versucht. Als ich nach minutenlangem Ziehen und Zerren an dem Ball, das zerbeulte vollgesabberte Spielgerät endlich in den Händen halte, steht auch schon ein fieser kleiner Zwerg im Fußballtrikot vor mir, der mir deutlich zu verstehen gibt, dass ich ihm augenblicklich den Ball aushändigen soll, weil er mir sonst seine „Blutgrätsche" präsentieren wird. Unwillkürlich fasse ich mir ans Schienbein, versuche seinen Worten „wertvolle Spieler-Autogramme auf dem Ball" die nötige Bedeutung beizumessen, als mit dem plötzlichen Verstehen mein Überlebenswille die Führung übernimmt. Ich werfe den Ball in die Richtung des kindlichen Angreifers und türme zusammen mit meinem missratenden Hund so schnell ich kann, in die andere, bevor der Racker erkannt hat, dass von seinem geliebten Autogramm-übersäten Fußball nicht mehr als ein farbverschmiertes Ei übrig ist. Letzten Endes suchen Columbo und ich doch wieder verstärkt die Einsamkeit der Natur: Ohne Katzen, Bälle und aggressive Nachwuchskicker. Um dem alten Besserwisser mit Hund auszuweichen, haben wir beide zusammen das Hakenschlagen perfektioniert.

Columbo & Family

Meine Familie ist groß und wächst stetig. Trotz allgemein beklagtem Geburtenrückgangs scheinen sich unsere Verwandtschaftslinien schnell und epidemieartig in alle Richtungen auszubreiten. Bald ist kein Tag des Jahres mehr frei, an dem nicht einer Nichte, Tante, Cousine zweiten Grades, einem Schwippschwager oder entfernten Nenn-Onkel zum Geburtstag zu gratulieren wäre. Müsste ich alle beschenken, wäre ich längst im Armenhaus gelandet. Sobald das Telefon läutet, zucke ich inzwischen erschrocken zusammen. Es könnte wieder bedrohlich werden … Wenn ich Pech habe, gehe ich dennoch ran und es meldet sich eine schmerzhaft fröhliche Stimme, die mir geschäftig ins Ohr flötet. Jeglicher Widerstand ist zwecklos, und so klingelt es auch schon an der Tür, kaum dass ich den Hörer aufgelegt und den ersten verzweifelten Fluchtversuch unternommen habe. Dinosaurierartig dröhnt das Trampeln der spontan in mein kleines Biotop einfallenden Familien-Horde im Flur. Doch Columbo scheint meine Familienphobie keineswegs zu teilen. Ganz im Gegenteil. Er ist immer schier aus dem Häuschen, wenn die lieben Verwandten die Bude stürmen und steigert mit der Demonstration seiner echten herzlichen Freude mein ohnehin schlechtes Gewissen ins Unermessliche. Während ich noch bei den Vorbereitungen bin, den Wölfen, vor allem den kleinen, gleich möglichst viel Kuchen, Schokoküsse und Gummibärchen zum Fraß vorzuwerfen, um sie gnädig zu stimmen, und damit womöglich einen Teil meiner Wohnungseinrichtung vor kometenhaften, Unheil bringenden Fußballschüssen zu retten, leckt Columbo den Ankömmlingen schon liebevoll die Hände. Sein kräftiges Hinterteil wird dank seiner freudig wedelnden Rute den ganzen Nachmittag nicht mehr zum Stillstand kommen. Oben am Treppenabsatz stehend wird er niemanden durchlassen, ohne ihn aufgeregt zu begrüßen und ein Büschel heller Haare an der Festtagsgardrobe zu hinterlassen. War er der Vorhut noch aufgeregt entgegen gerannt, bleibt er nun, um nicht selbst den Überblick bei der Menge an großen und kleinen Menschen zu verlieren, an einem Fleck und lässt sich geduldig den Kopf tätscheln. Beim Eimerweise Kaffeekochen höre ich einen spitzen Schrei aus dem Flur: Ein Kind hat Columbos stürmischem Begrüßungsritual nicht standhalten können und war auf den Fußboden geplumpst, wo ihm jetzt als Wiedergutmachung von einer riesigen rauen rosa Zunge erbarmungslos die Pausbäckchen geleckt werden. Mit vor Schreck geweiteten Augen und Speichel glänzenden Wangen kommt es schließlich zu mir in die Küche geflüchtet. Ich wische ihm Columbos feuchte Begrüßung aus dem Gesicht und drücke ihm ein paar Teller und Tassen zum Hineintragen in die Hand, denn die Zeit drängt und Kinderarbeit ist am billigsten.

Der erste Schwung der hungrigen Blutsverwandten hat bereits die Küche erreicht. Columbo scharwenzelt unablässig und sehr charmant um die langen Tapeziertische umher, an der sich die vielköpfige Gesellschaft niedergelassen hat. Aufmerksam beobachtet er die kauenden, die redenden Personen ignoriert er geflissentlich, es sei denn, die kramen plötzlich in der Tasche. Er schnappt jeden einzelnen Krümel – und sei er noch so klein - auf, der im Eifer der Kuchenschlacht vom Tisch fällt. Darüber hinaus stiehlt er der Tochter meiner Cousine einen halben Schokokuss, der ihr aus dem Mund ragt. Mutter und Tochter sind, anders als der grölende Rest der Bagage, wenig begeistert. „Das ist also der gut erzogene Hund, von dem du mir immer so vorschwärmst, ja?!" keift sie, während ihr die Sahne vom Löffel direkt in Columbos wohl platziertes offenes Maul tropft. Ich antworte nicht, sondern mache mich umgehend daran, weitere zehn Liter Kaffee aufzubrühen. Einen Augenblick lang überlege ich, einfach zu fliehen und zusammen mit Columbo in Amerika unter falschem Namen ein gänzlich neues Leben zu beginnen – ohne Anhang. Ich pfeife meinen treuen Freund zu mir, doch Columbo hat mich aus seinem Bewusstsein gestrichen; er ist mit Leib und Seele der Schlagsahne verfallen. Als ich wenig später erschöpft an die Anrichte trete, um ein drittes Mal Kaffee zu kochen, bemerke ich eine Gruppe kichernder Kinder in der Ecke, die nicht nur Schokolade an meine Tapete schmieren, sondern auch an etwas in ihrer Mitte viel Spaß zu haben scheinen. Mein Jagdinstinkt ist geweckt. Gegen diese halben Portionen hätte ich vielleicht noch eine Chance; ihren rotgesichtigen Eltern war ich seit Jahren hoffnungslos unterlegen. Ich trete leise näher. Schritt für Schritt, ich recke den Hals, dann sehe ich es, bzw. ihn … Zwei Jungs haben Columbo Bauch kraulend auf den Rücken gelegt. Der dritte zeigt den umstehenden staunenden Augenpaaren gerade, dass Columbo tatsächlich ein Junge ist, indem er sein langes Fell zu Seite biegt, immer die langen, kräftigen Zähne respektvoll im Blick behaltend, und mit einem silbernen Kaffeelöffel auf Columbos Pipimann deutet. Ein anerkennendes Raunen geht durch die kleine kurzbeinige Menge. Columbo scheint die peinliche Situation nichts auszumachen, er genießt geradezu die ungeteilte Aufmerksamkeit an seiner Person, zumindest an gewissen Teilen seiner Person. Ich bemühe mich, pädagogisch sinnvoll zu handeln und schlucke die fiesen Flüche auf der Zunge würgend hinunter. Statt zu schimpfen, setze ich mein freundlichstes Lehrerinnenlächeln auf und sage: „Ja, Columbo ist ein Rüde." „Was iss'n dis?", fragt ein rotznasiges Mädchen, während es sich mit meinem Lieblingsgeschirrhandtuch die Nase abwischt. Ich schlucke einen Kloß von der Größe des Olympiastadios hin-

unter, sehe über die nicht vorhandenen Manieren hinweg und stottere: „Na, dass er ein Männchen ist." „Wissen wa", ist der einzige Kommentar der die Pisa-Studie beschämenden Schar. Doch ein aufgewecktes Bürschchen rettet die Situation, indem es beginnt, mir interessiert einige Fragen zu stellen. Ich überhöre die Kaffeenachschub fordernden Stimmen aus dem Zimmer und mache mich daran, diesem intelligenten Kind mein Wissen über Hunde mitzuteilen. Nachdem ich geantwortet habe, dass Columbo in der Regel weder Kaugummi noch lebende Ratten verspeist, dass er auch ohne Hände im Stehen pullern kann, und dass er so lange Zähne hat, damit er die Kinder besser fressen kann, läuft der Junge den Tränen nah zu seiner Mutter. Doch dort ist es ihm zu langweilig und er kommt abermals neugierig zu uns gelaufen. Er sieht dem Hund in die hechelnde Schnauze und sagt mit gerümpfter Nase aber sehr wohlerzogen zu ihm: „Du riechst ein bisschen." Ich stutzte. Er hält kurz inne. Dann fügt er hinzu: „Nach Hund." Dann fallen ihm noch Dutzende Fragen ein. Nachdem ich alle beantwortet habe, ist Mitternacht vorbei, mein Kühlschrank restlos leer und die Verwandtschaft noch immer da. Im Morgengrauen macht sie sich endlich zum Aufbruch bereit.

„Columbo ist so süß! Wir kommen bald wieder, ja?", fragt der kleine Junge hoffnungsvoll einen fremden Mann, vermutlich seinen Vater, der dem Bruder meiner Mutter verblüffend ähnlich sieht, den ich aber noch nie bewusst wahrgenommen habe. Angstvoll warte ich die Antwort des übergewichtigen Mannes ab, dem verschieden farbige Kuchenkrümel im stattlichen Schnurrbart hängen. „Aber sicher. Wir kommen bald wieder!" hallt seine kräftige Stimme ungebrochen durch die Wohnung. "Ist nett hier!"

Ich buche nervös am Telefon einen One-way-Flug nach Amerika, während Columbo Schwanz wedelnd die Gäste verabschiedet.

Up To Date

Columbo ist wirklich immer total up to date. Egal, ob der "heißeste Herbstlook", bodyshaping oder „starke schöne Nägel" – mein pelziger Genosse ist ein wahres Modegenie. Dabei bleibt er stets seinem Stil treu: natürlicher, femininer Look, was nach wie vor toll ankommt: Männer stehen nun einmal auf lange blonde Haare. Nicht zuletzt deshalb und wegen seines grazilen Körperbaus wird Columbo nach wie vor oft fälschlicherweise als Dame eingestuft. Ich habe bereits ernsthaft überlegt, ihn zur Wahl der „Miss hübscheste Hündin" anzumelden; ich glaube, er hätte wirklich gute Chancen. Ein wahrer Experte ist er allerdings in puncto Frisur. Haare sind sein Spezialgebiet. Ob wasserstoffhell, rötlich schimmernd oder ins brünette gehend, ob luftig zart oder glänzend kräftig, ob lockig frech oder seidig glatt – er hat sie alle! An seinem natürlich muskulös definierten Körper, dessen Luxusformen nur unter seinem dichten Fell versteckt sind, weshalb man sie nicht so deutlich sieht – ähnlich übrigens verhält es sich bei meinem Freund ;-) – finden sich tatsächlich sämtliche erdenkliche Haarprobleme oder –vorteile, je nach Perspektive. Die verschiedenen Körperregionen sind mit Haarwuchs jeglicher Beschaffenheit gesegnet. Seine Behaarung, natürlich ein Muss bei einem echten fashion victim, variiert ganz klar nach Jahreszeit. Im Allgemeinen aber ist festzustellen: Sein Fell gleicht einem

Dschungel. Als Zecke oder Floh kann man darin sicher schnell Platzangst bekommen: Es ist dunkel, stickig und man sieht den Wald vor lauter Bäumen nicht. An meinen Lieblingsstellen, etwa an seinem weichen, äh selbstverständlich als Six-Pack geformten Bauch ist es herrlich wuschelig zart. Im oberen Rückenbereich dagegen fühlt es sich drahtig an wie bei einem Rauhaardackel, zumindest das „Deckhaar".

In besonders empfindlichen Bereichen meint man den seidenweichen Pflaum eines Kükens zu berühren, so zum Beispiel hinter'm Ohr. Zart und fluffig, ja federleicht, aber deutlich kürzer fühlt es sich auch an seinem Unterkiefer an. Seine langen Wimpern sind unbeschreiblich geschmeidig und machen einen unwiderstehlichen Blick - gänzlich ohne Wimperntusche.

Die Farbnuancen seines Fells entsprechen gemäß dem aktuellen Trend einer breiten Palette an harmonierenden Tönen: blond natürlich – der Klassiker schlechthin; gold – betont seinen edlen Charakter, oder so ähnlich ...; Kupfer- und Bronzefarben schillernd, silbrig-brillant – getreu dem metallic-look, vereinzelte weiße Strähnchen – wie bei meinem Freund; sich dezent einfügende braune Haare und Eidottergelbe bis zartmessing-farbene Sonderabstufungen – sich höchstens zwei Nuancen unterscheidend, wie es die aktuelle „Ton-in-Ton" Strähnchentechnik empfiehlt. Gesündere

Wurzeln, schuppenfreiere Kopfhaut und kräftigeren Wuchs kann kein Shampoo und keine Spülung der ganzen großen Kosmetikwelt zaubern. Bei Columbo genügt ab und zu ein Bad im See – mit Entengrütze und Algenfahnen. Einmal im Jahr circa gönnt er sich eine Intensiv-Kur mit toter Maus überall im Fell verteilt, ordentlich einmassiert versteht sich. Vielleicht sollte ich das einmal den Topmodels des Modeuniversums verraten, bevor sie ihre Haare weiterhin mit Bier, Tee und Eiern traktieren, statt diese Leckereien oral zu genießen, wie es ursprünglich einmal vorgesehen war. Sonst könnte man sich das Huhn ja direkt auf den Kopf setzen ...

Aber zurück zu unserem Beauty: An der stolz geschwellten Brust, ja, ganz ohne Steroide!, entfaltet seine Haarpracht seine volle Länge. Manche schönheitsbewusste Frau wird neidisch, wenn sie Columbos mächtiges Löwenhaar durch die manikürten Finger gleiten lässt. Lang und majestätisch wie eine Mähne hängt es herunter - zumindest vor dem Bad in der schmutzigen Pfütze, die er so gern aufsucht; danach gehört es eher in die Kategorie „straßenköterblond". Kürzere Strähnen bedecken seinen Unterbauch, dort, wo die Sonne nie hinkommt, kurz und jungfräulich glänzend bedecken sie die blass durchschimmernde Haut. Stumpf und dick wie Schafswolle, natürlich nur 100%ige, ist seine

Körperbehaarung am unteren Rückenteil, total Bio
sozusagen. In den zotteligen Beinhaaren, die an
ein Shetland Pony erinnern, verfangen sich häufig
Kletten, Zweige und kleinere Nagetiere …
Columbo teilt also das Los jeder modernen Frau:
Es muss konsequent gekämmt, gebürstet und
geschnitten werden – auch die Ohrhaare, wie bei
einigen älteren seiner menschlichen Zeitgenossen.
Gleich vieler Herren beginnt sein Bart um die
Schnauze herum langsam leicht anzugrauen.

Das Fell auf seiner Rute ist lang und kräftig, wie
ein Pferdeschwanz, umso bemerkenswerter als
dort vor einiger Zeit eine Stelle kahl rasiert werden
musste, was natürlich den totalen Stilbruch
bedeutete. Doch als alter Beautyhase hat sich
Columbo schnell von dem Schock erholt und aus
der Not eine Tugend gemacht: Er führte die
legendären textilen „Rutenschützer" in verschiedenen maskulinen Designs ein. Eine starke
Lockenbildung ist an Columbos Hinterteil und
seinen hinteren Oberschenkeln, auszumachen,

allerdings scheint diese weniger „märchenhaft-glamourös" als vielmehr „sportlich-praktisch", da sie zweierlei Funktion einnimmt: Die empfindlicheren Hundeteile zu schützen und sie dezent zu verbergen. Was jedoch so manchem Trendguide die Haare zu Berge stehen lassen würde, ist die Tatsache, dass an unserem Liebling einfach alles behaart ist; es gibt kein Stück freie Haut – Gott sei Dank, somit ist er sooooo kuschelig! Wenn er liegt, schafft er ein flauschiges, schmusiges, molliges Plätzchen, an dem man sich sogar die kalte Nase wärmen kann. Wunderbar weich und undurchdringlich, quasi der alljährlich wiederkehrenden Wintermode entsprechend, offenbart sich sein Fell an den Flanken. Wenn man seine Hände wärmen möchte: Einfach an den Seiten oder am Nacken im goldenen Fell vergraben und kraulen… So darf man ihm stundenlang die Frisur ruinieren – bis er mal wieder seinem Schönheitsschlaf frönt…

Brot und Spiele

Erwartungsvoll steht Columbo vor seinem Napf. Der schönste Augenblick des Tages ist da: Es gibt Futter! Mit großen Augen verfolgt er die Abfolge meiner Bewegungen, von denen er jeden Handgriff seit Jahren genau kennt und dann ist es an der Zeit für das große Fressen. Artig aber ungeduldig wartet er auf das GO-Zeichen, dann stürzt er sich kopfüber in die breite Edelstahlschüssel und beginnt genüsslich und lautstark zu mampfen. Einige Zeit nach dem Abendessen, nach einer kleinen Verdauungspause folgt der zweitschönste Augenblick des Tages: Unterhaltung ist angesagt! Und wenn ich schon müde von den erledigten Pflichten des Tages gemütlich vor dem Fernseher oder einem Buch hocke, kommt Columbo garantiert mit seiner guten Laune. Spielbereit stellt er sich vor die Couch, bringt nicht selten gleich seinen Gummiball mit und legt ihn auffordernd vor meine Füße. Ok, soviel Aktivismus kann man schwer ignorieren, Also runter vom Sofa und rein ins Vergnügen.

Erste Aktion: Ball rollen, er pest begeistert hinterher, streift die Bodenvase, weicht in letzter Sekunde der Vitrine aus und fängt die Beute zwischen den Zähnen. Stolz bringt er den Ball zurück und schmeißt ihn uns vor die Füße mit einem Blick, der sagen will „Nichts leichter als das, Baby!" Manchmal allerdings hat er sich so in seine Beute verliebt, dass er sie gar nicht wieder hergeben will. Dann

folgt die zweite Aktion: Rütteln am Ball im halboffenen Maul des gefährlichen Tigers, äh Hundes;
ziehen, ein spannender Machtkampf; es geht um
Stärke, doch nur scheinbar, denn eigentlich steht
der Spaß im Vordergrund … Ich rufe: „Aus." Aus!
Aus. Aus? – irgendwann dann, vielleicht, wenn
man Glück hat … gibt er ihn wieder frei und alles
wird wiederholt. Die dritte Aktion: Ok, der Ball
muss fliegen, also hochwerfen; Columbo hüpft vor
Aufregung zu früh los und/ oder verfolgt mit den
Augen die Flugbahn des Spielzeugs, seine Muskeln spannen sich, er duckt sich, holt aus und
schießt plötzlich pfeilgerade in die Luft, um das
begehrte Beutestück, um das sich alles dreht, noch
im Flug zu erwischen. Manchmal springt er daneben; manchmal, fällt er auf ein kleines Hindernis,
zum Beispiel seinen Teddybär und manchmal
rutscht er aus und pflanzt sich voll auf die Seite bei
der Landung, ein verknotetes Knäuel aus Fell und
Pfoten – immer noch heroisch die Beute in der

Schnauze festhaltend! Aktion vier: Ball verstecken. Unser liebster Gefährte klappt die Ohren leicht auf, richtet die volle Aufmerksamkeit auf meine umherhuschenden Hände, dann ist der Ball vor seinen Augen verschwunden. Rauch tritt aus seinen Ohren dank angestrengtem Nachdenken, wo sich die Beute verbergen könnte, hektisches Suchen folgt, was mich immer an die Gestik meines Freundes beim Schlüsselbundsuchen erinnert. Schließlich hat er den vermeintlichen Rückzugsort der Beute aufgespürt; ein entschlossenes Hineinstoßen des Haupt-Suchorgans, der breiten Nase ist das Ergebnis. Unter dem Pullover, zwischen den Füßen, in den Handflächen und in der Kniekehle des Mitspielers wird geforscht. Wo ist der Ball? Wo nur? Ich kann ihn doch riechen … Mein Hund rennt um mich herum, um die Suche an meiner Rückseite fortzusetzen. Er stupst, schubst vorsichtig, dringt immer weiter – und dann hat er den Ball gefunden. Eilig trägt er die Beute davon, sobald sie zwischen den langen Fangzähnen gesichert ist. Mit halb geducktem Kopf schleift er auch noch seinen Teddybären in sein Reich. Weil es ihm im Körbchen allein mit den Beutestücken aber doch schnell wieder langweilig wird, bringt er schon kurz darauf den Ball willig seinem „Alphatier" zurück und der ganze Spaß geht von neuem los. Erste Aktion: Ball rollen …

Ganz Ohr

Columbo liebt Geräusche – besonders die peinlichen … Wenn sich solche einen Weg bahnen, steht oder liegt Columbo mit Rute und Ohren wedelnd daneben und freut sich über die animalischen Ausrutscher des Anwesenden. So geschehen an einem Montag Vormittag. Ich hatte mich gerade mit einer süßen Tasse Tee und dem zweiten Brötchen an den Laptop gesetzt, um zu arbeiten. Genüsslich sog ich die frische Morgenluft ein, die durch das geöffnete Fenster strömte. Columbo lag entspannt neben meinem Schreibtisch und leckte sich hin und wieder träumerisch die Lippen. Mein Kopf hatte schon den ersten Satz formuliert, meine Finger berührten die Tasten, da klingelte es. Ich versuchte krampfhaft mir die vorformulierten Worte wieder ins Gedächtnis zu rufen und sie auf den Bildschirm zu bannen, bevor sie sicher verloren waren, doch die Klingel riss mich ein zweites Mal aus meiner Konzentration. So, dass ich es aufgeben musste - mein Kopf war weiß und leer - und den verflogenen Wörtern hinterher trauernd zur Wohnungstür schritt.

Eine Freundin von nebenan stand auf dem Flur und hielt mir ihr properes Apfelmusverschmiertes Kleinkind zur Begrüßung entgegen. „Hi", rief sie, „hier sind wir." „Ja, ich sehe schon", lächelte ich hilflos. Sie musterte mich prüfend. „Hast du unser Plauderfrühstück etwa vergessen?" „Ich?" fragte ich schrill. „Iwo!", versicherte ich schnell. „Nein, gar nicht. Ich hab extra Brötchen besorgt", log ich stotternd und dachte an die anderthalb verbliebenen Brötchen in der Tüte. Noch immer sah mich meine Freundin unsicher an. „Du guckst so komisch. Kommen wir ungelegen?" „Nein, echt nicht." Ich musste unwillkürlich schlucken, als mir der gefährlich nah herangerückte Abgabetermin meines Buches einfiel, schüttelte den Gedanken aber schnell ab. „Kommt rein!", sagte ich bestimmt. „Ich wollte gerade …" Der Rest des Satzes ging im zweitstimmigen Getöse unter: Das Kind meiner Freundin kreischte vor Vergnügen beim Anblick meines zotteligen Vierbeiners und Columbo fiepte, jaulte und murmelte entzückt dem kleinen Zweibeiner entgegen. Endlich jemanden in seiner Größe zum Spielen! Zuvorkommend leckte er dem Hosenmatz die klebrigen Finger sauber, während dieser interessiert Columbos fleischige Zunge zwischen den eigenen Händen inspizierte. Danach lotste ihn Columbo ins Wohnzimmer, wo er ihm stolz seine aufgereihten Spielzeuge um die Ohren schlug. Das Kind hatte sich praktischerweise gleich wieder auf die Knie fallen lassen und krabbelte nun ebenfalls wieder vierfüßig aufgeregt meinem Hund hinterher. Quietschend und „Wau-Wau" rufend versuchte es, Columbos große wuschelige Rute zu fassen, doch der Hund lief konsequent so schnell im Kreis, dass der Matz keine Chance hatte. „Wie süüüüüüüüüß", zischelte meine Freundin neben mir. Ich nickte. Ich nickte auch noch, als ich die braune Spur entdeckte, die sich verdächtigerweise vom Flur bis ins Wohnzimmer zog. Meine Freundin grinste nur entspannt. „Das ist nix." Ich sah sie einigermaßen verständnislos an. Für nix war es ziemlich braun… „Nur Schokolade", fügte sie erklärend hinzu. „Augustin ist zur Zeit ganz wild danach. Na ja, und dann hat er es halt überall." „Klar", entgegnete ich resigniert. „Echt überall!" „Hm, sogar unter den Schuhen", sagte ich anerkennend. Wir setzten uns. Unauffällig versuchte ich die Schokoladenspur, die verdächtig roch, ich betete immer noch, dass es Schokolade sei, mit dem Socken auf meinem linken abgewinkelten Fuß wegzureiben, während ich mäßig begeistert den vegetarischen Biorezeptideen meiner Freundin lauschte. Davon bekamen wir Hunger. Wir mampften die letzten Brötchen, dann noch ein paar Toasts, und als wir immer noch nicht satt waren, aber der Vormittag noch lang, plünderten wir das für den Nachmittag vorgesehene Kuchenpaket – wovon allerdings Kind und Hund, die wir beide auf der Erde übereinander liegend fast vergessen hatten, ihren Teil einforderten. Nachdem der Kuchen vertilgt, der Durst gestillt und wir dem Kleinen einen unter dem Sofa gefundenen Hundekuchen aus dem Mündchen genommen hatten, an dem er beinahe ebenso hingebungsvoll gelutscht hatte wie Columbo an seinem, saßen wir allesamt still im Zimmer und genossen unsere vollen Mägen. Plötzlich zerschnitt ein tiefes höhlenartiges Grollen die friedliche Atmosphäre. Es war mein Bauch, dem Columbos Magen augenblicklich mit einem langgezogenen „Bluhuuuup!" antwortete. Augustin sah uns mit großen blauen Augen an, öffnete die rosigen Lippen und ließ einen Bauer, Verzeihung, aber das war kein Bäuerchen mehr, hören, das von den Wänden widerhallte.

Erschrocken war Columbo ein Stück zur Seite gesprungen. Kam jedoch gleich näher, als der Kleine gackernd seine beiden Minizähnchen zeigte. Mein felliger Freund schnüffelte interessiert im Gesicht des Dreikäsehoch, worauf dieser gleich wieder rülpste, was Columbo dieses Mal klasse fand. Hm, Milchgeruch und Bananenbrei … Als auch noch ein Windchen den Weg durch Augustins Windel fand, hüpfte Columbo erfreut um ihn herum und schnupperte mal hier mal dort, das nächste Geräusch schon spielerisch erwartend. Mir fiel mit einem Mal ein dringender Arzttermin ein, so dass sich meine liebe Freundin samt rülpsenden und pupsenden Kleinkind kurzerhand verabschieden musste. Ich drehte Klingel und Telefon aus, setzte mich an den Computer, um endlich die vorhin unterbrochene Kolumne zu Ende zu schreiben, floh aber sogleich wieder aus dem Zimmer, da

Columbo neben mir nämlich ein sehr verdächtiges Geräusch verursacht hatte, dass nichts Gutes verhieß und mich sogleich alle Fenster aufreißen ließ, um eine durch giftige Flatulenzen verursachte Ohnmacht zu verhindern.

Papakind

Columbo ist manchmal ein echtes „Papa-Kind".
Nicht genug, dass er ohnehin Herrchens Liebling
ist. Mit einer Million zentnerschweren Einkaufstü-
ten bepackt schleppen wir uns keuchend die letzten
Stufen hoch, auch um unserem nimmersatten Hausgenossen täglich das heiß geliebte Hundefutter hin-
stellen zu können. Es ist wie immer: Ich habe die
gesunden Sachen gekauft, während mein Freund
vor allem, Kohlenhydrate (Chips), Zuckerbomben
(Schokolade) und Fette (Chips und Schokolade) in
den Wagen gestapelt hat. Ich habe an Columbos
Lieblingsknabbereien gedacht. Ich habe bezahlt,
das Auto gefahren und wieder die schwersten
Tüten abbekommen, mich also aufgeopfert ... Und
was macht mein loyaler Hundefreund?! Columbo
vollführt bei unseren Ankunft einen ekstatischen
Fruchtbarkeitstanz und - begrüßt zuerst seinen
Geschlechtsgenossen – der praktischerweise schon
beide Hände zum Streicheln frei hat - statt seines
treusorgenden Frauchens, das ihn zwar nicht unter
Schmerzen geboren, aber mit Brei gefüttert, sauber
gemacht und mit viel Geduld zu einem annehmba-
ren Mitglied der Gesellschaft erzogen hat! Tja,
Undank ist der Hundewelten Lohn. Traurig und
verlassen stehe ich allein in der Tür und muss auch
noch feststellen, dass Columbo sogar die O-Beine
von „Papa" hat... Als sich mein Hundefreund endlich herablässt, auch mich zur Kenntnis zu nehmen
und mit so niedlich angelegten Ohren auf mich

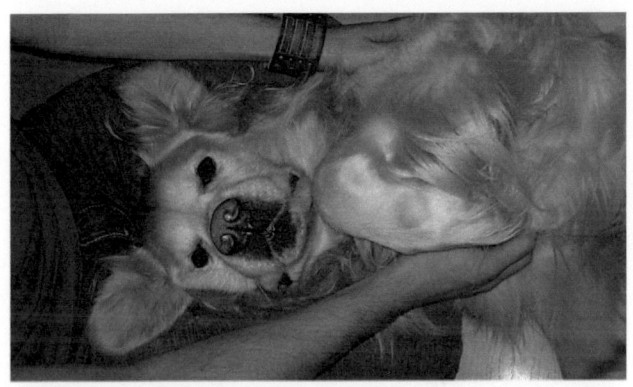

zukommt, ist meine Eifersucht schon beinahe wieder vergessen. Aber nur beinahe, denn Columbo hat nur einen Blick für die vollen Taschen in meinen Händen; neugierig steckt er den ganzen Kopf hinein. Da er nix Interessantes findet, wendet er sich gleich wieder ab, um sich erneut mit Herrchens Schnürsenkel zu beschäftigen. Ich gucke zum zweiten Mal dumm aus der Wäsche, die im Übrigen deutlich von Columbos Fellwechsel zeugt. Von Zeit zu Zeit imitiert Columbo sein männliches Vorbild. Dann steht er sehr sehr lange vor dem Spiegel, bewundert sein wallendes Haupthaar, neigt den Kopf ein wenig und brummelt zufrieden … Auch schlafen beide grundsätzlich nach einer Viertelstunde vor dem Fernseher ein. Mich würde es nicht wundern, wenn unser Vierbeiner demnächst die Zeitung zum Lesen mitnimmt, wenn er sich im Wald niederlässt, um sein Geschäft zu erledigen. Gegen die männliche Stimme komme ich im wahrsten Sinne des Wortes ohnehin nicht an: In Columbos Ohren scheint mein schwaches Stimmchen „Sitz!" nur ein hauch zu sein, was ich natürlich ganz anders sehe. Im Laufe des anschwellenden Macht-kampfes zwischen „Elternteil" und zu erziehenden Sprössling, den wohl jede „echte" Mama schon hautnah miterlebt hat und somit bestens nachvoll-ziehen kann, wird meine Stimme zwar lauter, aber leider auch schriller. Diese Tonlage beeindruckt mei-nen vierbeinigen Schützling wenig bis gar nicht. Ich versuche als cool zu bleiben und seine Ignoranz zu ignorieren, während mein Freund leise aber mit tie-fer Unheil verkündender Stimme die Aufforderung wiederholt. Der Bass hat es in sich: Wie eine Schran-ke fällt Columbo nicht nur auf seine Hinterbacken, sondern gleich der Länge nach auf den Boden. In „Platz"-Stellung bleibt er brav liegen und beobach-tet konzentriert sein Herrchen. Ich bemühe mich, mein entrüstetes Schnauben zu unterdrücken und unser Haustier zu loben. Wie eine Eins läuft dieses unergründliche Fellbündel mit der glänzenden Nase bei Fuß. Neben Herrchens Fuß wohlgemerkt … Doch einen Trumpf habe ich noch im Ärmel, schließlich kenne ich doch meine Pappenheimer: Ich schüttle einen Hundekeks hervor und lasse des-sen Duft unauffällig in Columbos Richtung ziehen. Nach wenigen Sekunden steht er neben mir, schaut mich freundlich an und geht ab jetzt sehr wohlerzo-gen an meiner Seite, hi hi. Die Lebensweisheit mei-ner Omi hat sich wieder einmal bestätigt: Liebe geht eben doch durch den Magen.

Zähneputzen

Columbo beim Zähneputzen: Er beißt die Zähne zusammen, wenn ich mich nur mit der Bürste nähere, als hätte er eine Tube Patex zerkaut. Wenn ich aber diese Position ausnutzen will, und ansetze, seine starken Raubtierzähne vorn und seitlich zu putzen, reißt er erschreckt die Schnauze auf. Nur ein reaktionsschneller Sprung zur Seite konnte mich davor retten, von diesem Zurückgeworfenen Löwen-Kopf an die Badezimmerwand geworfen zu werden. „Ahhh", der Blick in den schwarzen Abgrund, dunkle übel riechende Schwaden erinnern an die literarischen Beschreibungen der Teufels-Pfote äh -pforte … Ich habe im wahrsten Sinne des Wortes einen Höllenschlund vor mir. Stürze ich mich aber nun todesmutig kopfüber in selbigen, um wenigstens die Kauflächen meines verfressenen Vierbeiners zu schrubben, droht die nächste Gefahr. Am gesamten Körper ungemein kitzelig reagiert sein zartes Hundezahnfleisch bereits auf den kleinsten Lufthauch, von meinen wagemutigen Bemühungen gar nicht zu reden – so dass im Bruchteil einer Sekunde der Oberkiefer reflexartig auf den Unterkiefer hinunterklappen kann und meine kleinen Fingerchen zu zerquetschen droht. Jetzt heißt es, auf der Hut zu sein, Adrenalin schießt mir ins Blut. Je weiter ich bei den Backenzähnen nach hinten komme, desto größer wird die Gefahr, nicht rechtzeitig die Kurve

kratzen zu können, wenn Columbos Zähne aufeinander schlagen wie … gigantisch eben. Die Beißkraft von einer Tonne? Oder weniger? Jedenfalls genug, um meine Finger innerhalb von Sekunden soweit zu kürzen, dass mir meine Kinderhandschuhe wieder passen würden. Schweiß rinnt mir den Nacken hinunter. Überdeutlich sehe ich den Zahnbelag auf seinen Beißern, spüre den heißen Atem des Animalischen – ich fühle, wie die strubbelige Zahnbürste in meiner Hand zu zittern beginnt. Nur noch wenige hügelige Weiß- na ja bzw. Braunflächen zu schrubben. Jetzt nur nicht nachlassen, auf der Hut bleiben, ein Augenblick der Unaufmerksamkeit und Columbo weiß wie menschliche Löffelbiskuits schmecken. Zeitlupe. Columbo atmet ein, ich aus – noch zwei Zähne… Er atmet aus, noch anderthalb Zähne, er atmet ein – huch, ich hab vergessen, zu atmen, noch ein Zahn. Mein Bauch fühlt sich hart wie Stein an und meine Hand zittert so stark, dass sie von ganz allein in Columbo Großraum-Maul hin- und herschrubbt. Ich hole tief Luft – die letzten Augenblicke … Drei, zwei, eins. Zack, jetzt hätte es mich um ein Haar doch erwischt: Die Bürste hat ein wenig zu weit ausgeholt und den Bogen zu weit geschwungen, dabei streifte sie fatalerweise Columbos fleischige rosa Zunge, was eine Kettenreaktion in Sekundenschnelle zur Folge hat. Zapp!! Ich spüre noch den starken Luftzug, einem schrecklichen Sog gleich. Schrecklich, kräftig und … Ich gönne mir einen kurzen Moment der Erholung, der Pause, schließe kurz die Augen, öffne sie wieder, zähle meine Finger durch, und schließe meine Lider erleichtert aufs Neue. Nun, das Werk ist noch nicht vollbracht, zumindest die Vorderflächen möchte ich noch schaffen. Also auf ein Neues. Ich krempele meine Ärmel hoch, straffe die Schultern und versuche, meinen verkrampften Kiefer zu lockern. Columbo sitzt mit stoischer Ruhe vor mir. Nur einmal versucht er, die Bürste unauffällig zu zerkauen, doch ich konnte sie ihm rechtzeitig entreißen, bevor er sein Verständnis von Zahnpflege deutlich machen konnte. Ein letztes Aufbäumen seinerseits, ein letztes Gefecht meinerseits. Das Zahnpflegeinstrument ist wieder in meiner Gewalt! Ha, ergib dich kleiner Schurke!

Resigniert setzt sich mein Hund hin und wartet artig ab, er weiß, dass er keine Chance gegen meine Konsequenz hat, mit Wehren dauert es nur länger. Sanft schiebe ich seine weiche Oberlippe zur Seite und setze an. Mit der Präzision einer Chirurgin beginne ich, langsam Kreise auf dem Haiartigen Eckzahn zu beschreiben, Columbo dagegen versucht, die Bürste aufzuessen. Sein Kiefer klappt zickzack-mäßig von auf nach zu – natürlich entgegengesetzt zu meinem Rhythmus. So gleichen wir beide einem tanzenden Paar – ein Pas-de-Deux-de-Dents ?… Beide Parts kennen dank jahrelangem Training jede Bewegung des anderen genau, wissen wann er was tun wird, welche Regung, welcher Muskel zum Einsatz kommt. Ich strecke die Hand aus, er weicht zurück, die Bürste weicht zurück, er kommt wieder näher; die Borsten berühren seinen kleinen Vorderzahn, er öffnet den Mund soweit, dass ich an schwarze Löcher zu glauben beginne. Ich lasse den Arm sinken, er kommt näher und knabbert spielerisch an der Bürste. Ich streichle ihn und lasse mich mit ihm auf den weichen Badvorleger sinken.

Für heut gebe ich es auf: Mission impossible! Macht nix … Gibt ja Kausticks zur Zahnpflege.

Columbo Handwerker 2

Die Herren der Schöpfung sind noch immer da. Wenn wir sie arbeiten sehen, machen sie diese wirklich gut. WENN wir sie arbeiten sehen ... In der Regel nämlich wird ihr Tag von erster und zweiter Frühstückspause, Mittags- und Vorfeierabendpause bestimmt, unterbrochen nur von wenigen kurzzeitigen Arbeitseinsätzen. Doch dann fehlt ein Werkzeug, ist der Baumarkt zu weit weg, der Wind zu stark oder die Sonne zu schwach, um noch weiterzumachen. So heißt es wieder einmal „Dit machen wa Morjen."

Da ein Teil der Berufsbiertrinker auf dem Gerüst natürlich vor unserem Schlafzimmerfenster zu campieren scheint, schauen die netten Herren uns jeden Morgen bei Sonnenaufgang direkt ins Bett. Hat ja auch Vorteile. Zum Beispiel ... ähm ... na, die zähl ich später mal auf. Jedenfalls haben wir uns an die fehlende Intimsphäre bereits gewöhnt, nicht aber an den Schlafmangel. Als frei schaffende Künstler, was soviel bedeutet wie Arte-Gucker und Konto-Überzieher, brauchen wir selbstredend unseren Schlaf. Wie bitte soll man aber um sechs Uhr Morgens kreativ sein – noch dazu, wenn man sich vom ersten Augenaufschlag hemdlosen, schnauzbärtigen Rundbauchträgern gegenüber sieht, die neugierig die Oberfläche der Bettdecke inspizieren?! Auch unser Mitbewohner hat seine anfängliche Begeisterung für die lärmende Schar vor unseren Fenstern abgelegt. Hat er in aller Bau-

herrgottsfrühe „Klaus" und „Herbert", „Achim"
und „Thorsten" am ersten Tag noch begeistert
begrüßt, ist vor dem Fensterbrett herum getrippelt
und hat vor Freude hell aufgejault, zieht er sich
jetzt in den tiefsten Winkel der Wohnung zurück,
wo er beneidenswerter Weise noch etwas Schlaf
findet. Das Fatale an der Situation ist gar nicht
unbedingt der frühe Arbeitsbeginn der Handwerker, was scheinbar nicht ohne Ohren betäubendes
Brüllen, selbst, wenn alle Maschinen schweigen,
möglich ist. Auch nicht, dass sie jeden Morgen alle
Hämmer und Bohrer auf einmal einsetzen, vielleicht testen sie deren Funktion, was eine Kakofo-
nie des Horrors zur Folge hat. Sondern die sich
jeden Tag aufs Neue bewahrheitende Tatsache,
dass sie, sobald man den letzten Versuch weiterzu-
schlafen stöhnend aufgegeben und sich wie gerä-
dert ins Bad geschleppt hat, urplötzlich verstum-
men und für mindestens zwei Stunden in die erste
Frühstückspause verschwinden.
Nichtsdestotrotz grüßen sie nett, besonders den
„Hund aus der unendliche Jeschichte", der eigentlich ein Drachenähnliches Wesen war und plau-
dern viel, vor allem über Autos, Frauen und Bau-
maschinen. Als unsere Zaungäste sozusagen lassen sie uns auch immer gern an ihren hochinteressanten Gesprächen über die informativen Schlagzeilen der Bildzeitung teilhaben. Columbo findet
das Treiben ganz spannend. Er lässt sich keinen

Blick in eine offen stehende Tür entgehen, manchmal gelingt ihm sogar ein Besuch. Dann begrüßt er
erst einmal jeden, treffsicher am ausgiebigsten
natürlich den, der am meisten Angst vor Hunden
hat. Manchen Gesellen hat er so ins Herz geschlossen, dass er ihm sogar ins Dixieklo folgen möchte.
Ihm weicht er nur von der Seite, wenn sie eine
Pause zum Kaffee- oder was auch immer trinken
einlegen. Dann geht er selbst auch auf einen
Schluck aus seinem Pastateller breiten Napf ins
Badezimmer. Hämmern und sägen findet er
erwartungsgemäß sehr doof, doch beim streichen
scharwenzelt er aufgeregt die ganze Zeit umher.
Regelmäßig verheddert er sich dabei in der
Abdeckfolie.
Nicht selten kommt er mit einem Souvenir, zum
Beispiel einem Spiritus getränkten Wischlappen
nach Hause, den er stolz in den Tiefen seines Körb-
chens vergräbt. Auch so mancher Echthaar-Pinsel
ist schon verschollen. Gern spielt unsere Gurkennase den „borstigen" Gesellen und tunkt seinen
Kopf neugierig und unter großem Hallo in den Farbeimer, wenn ich nicht schnell genug zur Stelle
bin. Mein Freund und ich haben unser letztes Geld
zusammengekratzt und eine Last-Minute-Reise
gebucht, um endlich wieder schlafen zu können.
Als wir im Palmen gesäumten Hotelpark ankom-
men sind, empfängt uns der Direktor mit einem
verdächtig liebenswürdigen Lächeln. Beim

gemeinsamen „Welcome-Cocktail" eröffnet er uns immer noch breit lächelnd, dass er hofft, wir würden die durch die Morgen beginnenden Bauarbeiten entstehenden Unannehmlichkeiten entschuldigen. Seitdem zelten meine Männer und ich in der herrlich einsamen Stille hoch in den Anden – bis der Spuk vorüber ist.

Seh´n oder nicht seh´n…

„Die Sinne Ihres Haustieres sind mit den menschlichen kaum vergleichbar. Sie sind wesentlich aus-
geprägter und sensibler. Sie werden, gerade mit
einem Hund an ihrer Seite, Dinge anders wahrneh-
men; Sie werden Neues erleben – kurz gesagt: Ihr
altes Leben wird vorbei sein."

Dies las ich neulich in einer renommierten Fach-
zeitschrift und wunderte mich … gar nicht. Zwar
hatte ich bis zu diesem Zeitpunkt die „Neues-
Leben-Nummer" nur im Zusammenhang mit dem
Eltern-Werden vernommen, doch seit sieben Jahren war ich quasi Elternteil eines quirligen
Abkömmlings einer ganz besonderen Spezies. Seit
meinem ersten Tag mit Columbo, ich hatte das zit-
ternde weiche Hundekind in meinem vor Aufregung ebenfalls zitternden Armen gehalten, ist mir
klar, dass jedes Tier, speziell aber dieses, einzigartig sein muss. In unserer Wohnung kamen damals
nämlich gleich sämtliche seiner Sinne zum Einsatz
und meine Lebensgewohnheiten änderten sich
schlagartig: Der Welpe stöpselte zielsicher sofort
seine süße dunkle Nase in die erstbeste Steckdose.
Nachdem wir ihn in letzter Sekunde vor einer von
einem Stromschlag verursachten unvorteilhaften
Dauerwelle bewahrt hatten, dockte sein Riechor-
gan wiederum an der Wand an und führte ihn seitlich trippelnd den langen Flur entlang – bis der Tür-
rahmen ein ernst zu nehmendes Hindernis dar-
stellte. Widerwillig löste er seine Nasenlöcher mit

einem vernehmlichen „Pflooopp!" von der Tapete und setzte nun verstärkt seine Seh- und Geschmacksorgane ein: Er leckte mit wahrer Inbrunst meine Lederstiefel, die ich ungünstigerweise frisch mit Schuhcreme versehen hatte. Die schwarze Zunge fiel in den nächsten Tagen aber nur auf, wenn er stark hechelte, weswegen wir, aus Angst vor dem Tierschutz, immer schnell an den Nachbarn vorbeirasten… Columbo betrat ängstlich das Wohnzimmer. Doch schon bald kuschelte er so innig mit unserem flauschigen Wohnzimmerteppich, dass ich dachte, unser neuer Mitbewohner würde ihn gleich zärtlich „Mama" nennen. Gleichzeitig fixierte er mich aufmerksam. Nun, das ist vielleicht nicht ganz richtig: Vielmehr taxierte er die Tüte Leckerchen in meiner Hand.

Es raschelte; seine tropfenförmigen Schlappohren, die bisher nur unambitioniert am Kopf herabgebaumelt waren, stellten sich bei diesem fressenversprechenden Geräusch sofort halb auf. Beim schwungvollen Umwenden blieb er jedoch kurzzeitig am Zeitungsständer hängen. Doch es dauerte einen Augenblick bis er sich seiner Lage bewusst war, da er über eine gewisse hautunabhängige „Bewegungsfreiheit" verfügte. Unser Hund besaß einfach noch viel zu viel Haut und Fell für den kleinen Körper darin; erst mit der Zeit würde er komplett „hineinwachsen", und dann würden auch die riesigen Ohren und Pfoten proportional zum Rest passen. Bis dahin aber sah er aus wie ein faltiger Chaplin mit Schlappohren. Die Tüte lag zusammengeknüllt und von Milchzahn-Bissspuren übersät reglos am Boden. Sie war leer. Columbo setzte seine Wohnungsbesichtigung kauend fort. Vor dem Spiegel blieb er stehen. Er setzte reflexartig zur Flucht an, überlegte es sich doch anders und ging zögernd auf seinen Artgenossen zu. Sie blickten sich in die Augen: Mann gegen ..., na ja, Welpe gegen Welpe. Es konnte nur einen geben. Als er mit der Schnauze gegen die Scheibe stieß, schaute er irritiert auf. Auch sein nächster Versuch, den Gegner zu berühren, schlug fehl. Er setzte sich auf sein Hintereil, gab sein Imponiergehabe auf, bog seinen kleinen glatten Schwanz nach vorn und jaulte herzzerreißend. Wir versuchten ihn zu beruhigen, ihm zu erklären, womit wir natürlich die wichtigste Hundeerziehungsregel „Versuchen Sie niemals Ihrem Hund etwas zu erläutern" brachen, doch er beruhigte sich erst wieder, als wir den Spiegel abgehängt hatten. Vorsichtig steckte er ein letztes Mal sein Gesicht zwischen Stoff und Spiegel, doch es blieb dunkel und er gab sich zufrieden. Daraufhin drehte er sich dem Bild über dem Sofa zu und beobachtete die beiden Opas, die in ihrer Loge neugierig aus dem prunkvollen Goldrahmen auf uns lächerliche Lebens-Akteure hinabsahen. Columbo wandte nicht den Blick ab. Er schaute mit runden Augen zu den alten Herren hoch und wartete. Wir warteten auch. Nichts geschah, wiederum starrten die Beteiligten einander an. Wir mutmaßten, dass Columbo mit ihnen das Spiel „Wer zuerst wegsieht, hat verloren" spielte. Das konnte dauern.

Der Sieger konnte nicht ermittelt werden. Denn über dieser anstrengenden Konzentrationsaufgabe schlief unser Hund ein. Und wir auch …

Freuden der Freunde der Freunde

Freunde sind ja etwas sehr Schönes. In der Regel. Und auch die Freunde der Freunde sind in der Regel etwas Schönes. Bei den Freuden der Freunde der Freunde sieht es da schon manchmal anders aus ... Zum Beispiel, wenn jene, meist im gegengeschlechtlichen Doppelpack und erheblich älter als unsereins, bei einem Treffen einzigartiges über ihre Zierrosensträucher, Peruanischen Pfeifensammlungen oder mythisch-technisierten Caravans zu berichten haben. Die ersten dreißig Minuten gehen immer noch, aber sobald Columbo anfängt, müde zu werden, fallen auch mir ganz plötzlich die Augen zu und ich könnte schlafen bis zum jüngsten Tag. Leider erscheint es den von Rosen, Pfeifen und Wohnwagen entzückten Mitmenschen unhöflich, wenn mein Liebster, unser Hund und ich ihren wahnsinnig aufschlussreichen und vor allem detaillierten Ausführungen mit geschlossenen Lidern folgen. Dabei sind wir ganz aufmerksam, ehrlich!

Was ist zu tun? Wir haben es bereits mit Koffein als Wachhalter versucht, doch man wundert sich inzwischen sehr, dass wir stets auf schnelles Kaffeetrinken drängen und dann jeder von uns, oft sogar Columbo, bis zu fünf Tassen – je nach Thema und Länge des zu erwartenden Vortrages; für die kilometerlange Gesteinssammlung eines Bekannten haben nicht einmal diese fünf Tassen ausgereicht – hinunterkippen. Allmählich haben sich bei uns allerdings Herzrasen, Bluthochdruck und eine gewisse Kaffeeabhängigkeit bemerkbar gemacht; Columbo litt unter Pfotenzittern. So mussten wir uns nach Alternativen umsehen, um die Hobbies unserer Freunde und Freundesfreunde ertragen zu können. Ein Gutes allerdings hatte dieses Vorgehen: Da wir bald als gierig galten, verminderten sich die sonntäglichen Einladungen zu Diashows und Fahrzeugvorführungen immerhin um exakt 12 %. Dennoch blieben noch viele, denen wir nicht auf Dauer fernbleiben konnten. Plan B implizierte bei Beginn des ungemütlichen Gastgebermonologes Ohnmachten, epileptische Anfälle und plötzlich aufplatzende Narben, was allerdings eine horrende Rechnung für Theaterblut und all die Utensilien sowie lebensgefährliche Schreckreaktionen bei den älteren Leuten nach sich zog. Somit wurde auch diese Variante des Enthusiasten-Vortrag-Vermeidens wieder verworfen. Eine Zeit lang lief das Vorgeben von Taubheit bei Einladungen von noch unbekannten Personen recht gut. Besonders gemütlich wurde der Nachmittag im Garten, wenn wir uns sogar taubstumm stellten und unsere Taschenbücher dabeihatten. Nur Columbo wollte partout nicht hören. Unsere Fingerzeichen nahm er nicht einen Augenblick ernst. Er schien zu wissen, dass wir keineswegs aus der Rolle fallen durften, indem wir ihn lautstark zurechtwiesen. Also machte er nur Blödsinn ... Schließlich kamen wir darauf, ihn als Blindenhund auszugeben. In diesem Fall verziehen ihm die Gastgeber auch jede noch so freche Schandtat und wir taten, als sähen wir es nicht. Somit waren wir taub, stumm und blind. Dies allerdings behinderte den angenehmen Part der Konversation doch erheblich und schließlich kam man uns auch auf die Schliche: Columbo führte uns in seiner Funktion als vermeintlicher Blindenhund geradewegs auf die Fahrbahn …

Obwohl wir mit Hochdruck an einer neuen Lösung arbeiten, müssen wir uns zur Zeit den Gegebenheiten fügen und so verfolgten wir erst letztes Wochenende die spannenden Erklärungen zu einem neuen Caravanmodell: mit allem Komfort und sämtlichen Extras. Wir verbrachten quasi das halbe Wochenende in diesem Wohnwagen, obwohl draußen der herrlichste Sonnenschein auf die Räder fiel. Nun kennen wir jedes kleinste Schräubchen, alle Sonderverschalungen, Multifunktionsablagen, Sonderstauräume und Klappmechanismen. Sogar Columbo war dabei. Anfangs noch neugierig inspizierte er jede Ecke, Fußbodenbelag, Kühlschrank und die grell gemusterten Sitzbänke. Wir konnten ihn gerade noch davon abhalten, einen kräftigen Schluck aus dem Chemieklo zu nehmen, danach döste er auf der rückenschonenden Gesundheitsdoppelmatratze des eigens angefertigten Bettes ein. Ich wollte mich dazulegen, doch mein Freund hinderte mich mit dunkel beschatteten Augen daran, indem er mich unsanft wieder vor den noch immer unablässig die Vorzüge des Superschnäppchens anpreisenden Besitzer schob. So konnte er sich hinter mir verstecken und unauffällig einem Sekundenschläfchen frönen, während ich mit krampfhaft offen gehaltenen Augen die Einzelheiten der verschiedenen Scharniersysteme über mich ergehen ließ. Als unsere beiden Wohnwagen-Wahnwitzigen daran gingen, die Toilettenspülung in ihrer Bau- und Funktionsweise wechselseitig fundiert wissenschaftlich zu erläutern, folgte ich meinem Überlebenstrieb und schloss die Tür von außen hinter ihnen. Nichtsdestotrotz redeten sie fort; ihre Stimmen klangen etwas dumpfer, aber klar und deutlich aus dem Kunststoffkabuff mit eigener Filterbelüftung, Aromasystem und patentiertem Überlaufschutz ... Wir gaben es auf.

Ich kann mich nicht erinnern, wie und wann ich wieder aus der Caravanhölle freikam; plötzlich saß ich in einem Gartenstuhl, hielt mir den von Millionen Fachbegriffen brummelnden Schädel und nippte an einem Glas Wasser. Französisches aus den Vogesen, ohne Kohlensäure und magenfreundlich, wie ich ungefragt von der Gastgeberin erfuhr. Mit einem besonders milden Geschmack und mit einem unglaublich niedrigen Natriumgehalt. Nur dieses Wasser käme ihnen in den energiesparenden Designerkühlschrank ihres Wohnmobils; es ist ein Wohnmobil, kein Wohnwagen, wurde ich wie eine hoffnungslos begriffstutzige Schülerin aufgeklärt .... Ich flüchtete mich in die nächste Ohnmacht. Erneut kam ich in unserem eigenem Wagen zu mir, wie ich erfreut feststellte. Mein Freund grinsend neben mir; erschöpft aber ok. Wir mussten auch diese Mission geschafft haben. Nur ein Lächeln. Eine himmlische Ruhe empfing mich. Entspannt lehnte ich mich zurück. Das war unsere Welt: Hundehaare, Jacken und eine stinknormale Seltersflasche auf dem Rücksitz – doch halt, mehr war nicht auf dem Rücksitz. Wo verflixt war unser Golden Retriever?! Mein Freund kehrte bestürzt um. „Ich dachte, er wäre schon im Auto; ich wollte schnell aufbrechen ..." murmelte er über das Lenkrad gebeugt in seine Stirnfalten. Wir konnten Columbo gerade noch herausholen: Er hatte sich im Schlaf unter der Essgruppe im Wohnwagen, äh Wohnmobils zusammengerollt und schnarchte nun friedlich. Beinahe wäre er mit auf die große Reise gegangen in diesem Wundermobil der Technik ... Natürlich nach Frankreich, in die Vogesen ...

Echte Kumpel

Seit einigen Tagen kann ich Columbo kaum noch an einem bestimmten Hofeingang in der Straße vorbeiführen – er macht einfach einen auf störrischen Esel inklusive aller vier Beine gegen die gewünschte Richtung stemmen, den Kopf trotzig auf das Kinn legen und deutliche Geräusche des Missfallens von sich gebend. Das liegt daran, dass sich Columbo verliebt hat … Oh ja, er hat sein Herz verloren. Aber keineswegs an die schmucke Beagledame aus der Nachbargasse, die er übrigens auch nicht schlecht findet, doch wirklich sehnen tut er sich nach einem anderen Hündchen. Nämlich nach dem kleinen Labradoodle, zu deutsch: Labradudel ;-) von nebenan. Sein Besitzer geht gern mit ihm in besagtem Hof einige Häuser weiter spielen und seitdem Columbo einmal dazustoßen durfte und beide einen unsäglichen Spaß zusammen hatten, rührt er sich auf dem Bürgersteig keinen Millimeter mehr, bis wir nicht einen Blick auf den Hof geworfen haben. Erst wenn er restlos überzeugt ist, dass sein Lieblingsspielgefährte zur Zeit woanders seinen eigenen Schwanz jagt und seine reißenden Milchzähnchen hineinschlägt, lässt er sich resigniert weiter leiten. Zwar vollführt er in unserem Hausflur dann vor dem Zuhause seines Baby-Kumpels noch einen letzten Versuch, ihn hinauszulocken, doch meistens bleibt es still oder bei einem herzzerreißenden Hunde-Dialog durch die geschlossene Wohnungstür.

Doch trifft mein haariger Gefährte den kleinen
Racker auf dem Hof an, ist die Hölle los. Die Begrüßung fällt emotional einzigartig aus. Als hätten sie
sich dreißig Jahre nicht gesehen: Beide Hunde zerren erstens irre an der Leine, dazu bellen sie das
ganze Viertel, ach was, die halbe Stadt zusammen
vor Freude, zweitens rennen sie von der Leine
gelassen wie auf Speed hintereinander her, strei-
fen dabei rücksichtslos Zäune und Wildlederschu-
he, überschlagen sich filmreif und purzeln übereinander über die nackte Erde, um drittens alle Sab-
berpotentiale der Welt gemeinsam zu mobilisieren

und auf's Stichwort „Nein, sind die niedlich zusammen!" in hohem Bogen von sich zu schütteln. Da stehen sie beide nun, die Köpfe wie zwei wilde Heavy Metal Fans im unhörbaren Rhythmus hin- und herschwingend, dass die langen Haare, einmal glatt und blond, einmal gelockt und beige, fliegen. Während Arnolds Mitbesitzerin gerade tapfer einen ängstlichen Aufschrei bei Columbos vorangegangenem Sturz auf ihren Babyhund hinunterschlucken konnte, bahnt er sich jetzt dennoch seinen Weg aus ihrer gepflegten Kehle beim Anblick ihres von Hundespeichel kryptisch gezierten 200 EUR teuren Hosenbeins. Ihr Mann zwingt sich unterdessen ein gequältes Lächeln ab und schaut nervös auf die Uhr. Doch noch bevor er überhaupt den Versuch einer vorzeitigen Flucht antreten kann, haben sich Columbo und Arnold bereits das nächste Opfer gesucht: das Blumenbeet. In Windeseile graben sie sich ungeachtet der Lilien und Tulpen brutal bis nach Down-Under durch. Da der kleine Hund hinter dem großen steht und sich alle Mühe gibt, diesen im Graben in Nichts nachzustehen, gleichwohl sein Erdloch nicht einmal ein Viertel so groß ist wie Columbos Bombenkrater, bekommt er bei jeder Bewegung die komplette Ladung Sand von Columbo ins Gesicht. Das aber scheint ihn nicht im Mindesten zu stören. Entschlossen schaben seine Pfötchen weiter, auch wenn sein Fell inzwischen graubraun ist und sich Berge kleiner Steine auf seinem Rücken sammeln. Die winzigen Wimpern haben Mühe, die Erdhügelchen über seinen Augen aufzuhalten und selbst auf seiner rosa Zunge kleben Erdbröckchen. Unser Hund bemerkt natürlich nichts. Erst als der Kleine seine Australien-Auswanderung quer durchs Erdinnere bis auf Weiteres verschiebt und sich schließlich erschöpft bäuchlings in die kühle selbst ausgehobene Grube fallen lässt, dreht sich Columbo verwundert um. Er beschnüffelt Arnolds Unterseite interessiert, der die Gelegenheit beim Schopfe packt und kurzerhand in Columbos größeres und kühleres Erdloch umsiedelt. Verdutzt verfolgt mein Superhund die Aktion des Rackers. Einen Augenblick schaut er irritiert von einem zum anderen, dann beginnt er laut bellend, das schwarz-braune Fell-Erd-Knäuel in seine Schranken zu weisen. Doch Arnold weigert sich kurzerhand, das Loch freizugeben. Der Klügere gibt schließlich nach und Columbo buddelt in Arnolds Grube weiter. Diesem wird es allein schon bald zu langweilig und er fordert seinen Freund zum Spielen auf. Da Arnold Columbo nur bis zum Knie reicht, versucht er hüpfend wie ein Tennisball dessen Aufmerksamkeit zu erhaschen. Doch Columbo gräbt wie besessen weiter. Arnold hängt ihm am Bein, am Ohr, an der Rute, aber unser stoischer Freund will dem Kleinen eine Lektion erteilen. Arnold greift also zu einer List und legt sich kurzerhand in die Grube, an der Columbo gerade arbeitet; er lässt sich einfach hineinplumpsen mit seinem pummeligen Körper. Columbo fackelt nicht lang und kehrt zu seinem alten morbide von abgerissenen Blumenköpfen gesäumten Erdloch zurück. Doch – oh Wunder – da liegt bereits Arnold wieder drin. Columbo wendet sich abermals an das zweite Loch; im gleichen Moment schlittert Arnold hinein. Von hohem schadenfrohen und tiefem protestierenden Gebell begleitet dauert dieses Spiel eine Viertelstunde lang. Gerade als Arnold erschöpft aufgibt und sich von Columbo zubuddeln lässt, kommt wutentbrannt ein Mieter aus seiner Paterrewohnung gestürmt. Was das für ein Lärm wäre und ob wir hier wohnen würden?! Nein, entgegnen wir plötzlich alle sehr kleinlaut und sehr einig, eigentlich würden wir ja ganz woanders wohnen. Sehr sehr weit weg. Eilig helfen wir den Hunden beim Weitergraben. Schnell, schnell. Irgendwo hier muss doch bald - Australien kommen …

Columbo läuft und läuft und läuft…

Es war wieder soweit: Trotz langen Standhaltens – acht Wochen war mein persönlicher Rekord seit der Pubertät – hatte mich die Bikini-Figur-Panik vor wenigen Tagen doch noch eingeholt. So lang hatte ich es geschafft, die Augen vor den riesenhaften „flacher-Bauch-straffer-Po", „sexy-in-den Sommer" und „schlank-in-2-Stunden" Schlagzeilen, verschlossen zu halten. Ich hatte sämtliche TV-Beiträge zu diesem jedes Jahr wiederkäuenden, äh wiederkehrenden Thema gnadenlos weggezappt und bei allen Gesprächen, die in diese Richtung zu gehen drohten, rigoros das Thema auf bedeutende weltpolitische Ereignisse gelenkt. Aber vergeblich … Das seit der Antike selbst den weiblichen Göttinnen eigene „Wer-ist-die-schönste"-Gen hatte damals schon den armen Paris ins Verderben gestürzt. Nun hatte es auch mich erwischt. Ich kramte unter Columbos neugierigen Blicken meine verstaubten Jogging-Klamotten hervor. Dabei musste ich so tief in den Schrank kriechen, dass dies mein Hund als Spielaufforderung verstand und sich begeistert auf meinen armen Rücken stürzte. Ich rief „Aus!" und „Nein!" und „Sitz!" – er setzte sich auf meine Füße – und gab schließlich auf. Also suchten wir beide Kopf und Ohren voran nach den Kleidungsstücken. Columbos feine Nase fand sie zuerst. Triumphierend warf er die teure Sporthose durch die Luft; die Schuhe schleppte er ohne Umschweife ins Körbchen, um in Ruhe die Widerstandsfähigkeit der Gummisohlen zu testen. Ich musste meine Kommunikationsfähigkeit, ja all mein diplomatisches Geschick, beim zweiten Schuh rohe Gewalt anwenden, bis ich wieder im Besitz meines Eigentums war. Energisch klopfte ich den Staub und die Milliarden heller Hundehaare von der Hose, zog mich um – wie gut, dass der Hosenbund einen Gummizug hat, denke ich jedes Jahr – und los ging es. Columbo nahm ungeduldig meine halbherzigen Aufwärmübungen zur Kenntnis, dann trabte er fröhlich vorne weg. „Beginnen Sie langsam mit dem Training", steht jedes Mal warnend in den ewig gestrigen Frauenzeitschriften direkt neben der Nudel-Eier-Kartoffel-Möhren- oder, mein persönlicher Favorit der Gourmet-Diät. Leider konnte ich diese Anweisung, wie auch die anderen zwanzig von „atmen Sie tief und ruhig" oder „lassen Sie sich von nichts ablenken" nicht befolgen. Ich versuchte nämlich gerade Columbo wieder einzufangen, sprich in meinen Wirkungskreis zurückzuholen, denn er war nach der ersten Ampel wie ein Pfeil davon geschossen. Ich sah nur noch eine Staubwolke in der Ferne. Als ich nach drei Minuten Herz gefährdenden Sprintens erschöpft auf die Knie sank und meinen Vierbeiner schon in Frankreich wähnte bei dessen Tempo, entdeckte ich zu meiner Verwunderung am Horizont einen Hurrikan. Beim Näherkommen erkannte ich, dass es kein Naturphänomen, na gut, in gewisser Weise schon, sondern mein wahnwitziger Hund war, der da wie ein Berserker zurückgerast kam. Ich konnte mich zwar vor Atemnot kaum auf den noch wenig Bikini-tauglichen Beinen halten, aber mir wurde schlagartig klar, dass ich jetzt handeln musste, wenn ein größeres Unglück verhindert werden sollte. Todesmutig stellte ich mich mitten auf den Weg. Ich streckte die Arme zu den Seiten aus, reckte mich und bemühte mich, einen möglichst festen Stand zu erringen. Ich musste nun stark sein. Schon sah ich mein durchgedrehtes Haustier wild heranpreschen, sein Fell wehte verwegen im Wind, während es sich wie ein Düsenjäger auf vier Pfoten näherte. Ich kniff die Augen zusammen, rief verzweifelt „Stopp!". Ich fühlte bereits die Wucht des Aufpralls; Columbos Körpergewicht würde durch die Geschwindigkeit um ein vielfaches gesteigert gegen meine zwar gepolsterten aber keineswegs gepanzerten Hüften krachen. Mit klopfenden Herzen und einige buddhistische Verse im Kopf machte ich mich auf das Unvermeidliche gefasst. Doch nichts geschah. Vorsichtig zwinkerte ich mit dem einen Auge. Nichts, der Hurrikan hatte sich verzogen. Oh nein, ich hatte ihn doch aufhalten müssen; wo hatte er nun stattdessen eine Schneise der Zerstörung hinterlassen?! Ich drehte mich hastig um. Dort saß ganz brav mein zerzauster, hechelnder Hund und strahlte mich glücklich an. Er fand das Laufen wunderbar. Na super, wenigstens einer. Vorsichtshalber nahm ich Columbo erst einmal an die Flexileine, bevor er wieder auf dem Berufsschulhof herumschnüffeln, weggeworfene Speed-Pillen schlucken und wie irr losrennen konnte. Nach diesem Schreck nahm ich einen Umweg. Zudem entbrannte ein heftiger Streit zwischen meinem genussorienten Magen und meinem nach der Bikinifigur trachtenden Geist: Sozusagen Sinnlichkeit gegen Spiritualität. Nun, wie wir wissen: Der Geist ist willig, aber das Fleisch ist schwach … Kurz darauf saßen Columbo und ich gemütlich auf dem Sofa und mampften Kekse. Zusammen schmeckten sie einfach am besten. Das Bikini-Trainingsprogramm hatte ich ein wenig verschoben. So auf nächstes, übernächstes Jahr. Man sollte sich ja auch langsam steigern, schrieben die sicher gertenschlanken, perfekt trainierten, Sellerie mampfenden Sport-Redakteure. Und außerdem musste ich schließlich auch erst einmal meinen modischen Ganzkörper-Badeanzug vom letzten Jahr auftragen… Doch Columbo hatte Geschmack gefunden an den flinken Läufen durch Wald und Flur. Er ließ mir keine Ruhe. Und so kam es, dass ich mir schließlich doch noch einen frechen Zweiteiler kaufte. Beim täglichen Hundejagen und vorden-schwatzhaften-Nachbarn-flüchten war ein Teil der Speckreserven ganz von selbst geflohen.

Zwar erst im Herbst, doch jetzt kann ich wenigstens den Winter über im Bikini schwimmen gehen. Nur schade, dass Hunde dort verboten sind, wo Columbo doch so gern paddelt. Er wäre sicher ein toller Bademeister und Animateur in einem. Außerdem würde er treffsicher sämtliche Fremdkörper aus dem Wasser holen, Toupets, Badekappen und Bikinioberteile eingeschlossen ...

Telefon

Sonntag Morgen. Das Telefon klingelt. Viermal, fünfmal, sechsmal – unbarmherzig. Ich versuche, meinen steifen Hals Richtung Wecker zu drehen. 7.46 Uhr. Oh Gott, wer ruft denn nur um diese Zeit an?! Es kann niemand sein, der uns und unser Schlafbedürfnis kennt. Entschlossen drücke ich mir das Kopfkissen fest auf den Kopf. Das Klingeln wird dumpfer, bleibt aber konsequent. Nach dem zehnten Mal bekomme ich keine Luft mehr und außerdem Angst, dass man sich mit einem Daunenkissen vielleicht doch selbst ersticken kann. Mein Telefon läutet weiterhin hartnäckig. Gequält schäle ich mich aus dem Bett. Ich gebe auf. Columbo, der sich vor dem Bett postiert hatte, hebt nur schläfrig ein Augenlid, doch es scheint tonnenschwer zu sein, denn er lässt es augenblicklich wieder zufallen. Grunzend stampfe ich durch den Flur. Ich kann förmlich sehen, wie der Kunststoffkorpus dieser tollen Erfindung der Moderne bei jedem Läuten vibriert – wie im Comic. Ich blinzle gegen das helle Sonnenlicht und taste halbblind nach dem Terrording. In dem Moment, wo ich es ergreife, verstummt der laute Signalton, als hätte jemand nur darauf gewartet, mich am Wochenende aus den Federn zu klingeln und dann im richtigen Augenblick auf zu legen. Noch bevor ich „Hallo" murmle, weiß ich, dass ich verloren habe. Und richtig: Klick. Ich höre noch, wie der Anrufer auflegt. Ich ignoriere den ersten Impuls, das fiese schlafraubende Teufelsding kurzerhand gegen die Wand zu feuern. Resigniert lasse ich mich in den nächsten Sessel fallen. Ich fühle nicht einmal mehr die Kraft, mich zurück ins Bett zu schleppen. Tapsende Schritte verraten, dass mein flauschiger Hausgenosse sich entschlossen hat, mal nachzuschauen, wer hier seinen Schönheitsschlaf stört. Langsam kommt er um die Ecke getrottet und blinzelt genauso zwinkernd ins Sonnenlicht wie ich vor wenigen Sekunden. An seiner Schnauze hängt ein glitzernder Tropfen. Dann streckt er seinen Hals, drückt den Rücken durch und gähnt herzhaft dazu. Das war bereits das höchste der Gefühle, kraftlos lässt er sich wieder zu Boden sinken und legt den Kopf auf die Vorderpfoten. Schon vom Zuschauen werde ich wieder schläfrig. Gerade als auch ich wieder angenehm ins Traumland wegdrifte, ertönt erneut das Läuten. Der Ton klingt so laut, dass ich in der ersten Schrecksekunde glaube, er schrillt direkt in meinem Innenohr. Abrupt drehe ich den Kopf zum Telefon. Autsch, das fand meine Halssehne nicht so spaßig. Mit schmerzverzerrtem Gesicht greife ich nach dem Hörer. Columbo hat inzwischen mäßig verwundert die Ohren gespitzt. Diesmal öffnet er das andere Auge einen Spaltbreit, um es ebenso gleich wieder zu schließen und wohlig schnaubend sein rechtes Bein von sich zu strecken. Zu mehr scheint ihm Kraft und Wille zu fehlen zu so früher Stunde.

Unglaublich, er pennt einfach weiter. Doch ich habe keine Zeit neidisch zu sein, muss meine Gehirnfunktionen und damit mein Sprachvermögen erstmal wieder in den Griff bekommen. „Hallo!", seufze ich zum zweiten Mal mit trockenem Hals. „Wer ist da?"

…

„Ach, hallo … Mama."

„Hm, aber na klar freu ich mich. … Ne, echt toll, dich zu hören. … Hm, … ja, … nee, nee, so lang schlafen wir ja nicht am Wochenende." Schluck …

„Ja, … ich bin so lange auf, sehr sehr lange. Och… so lang!"

„Hm? …. Ja natürlich, was denkst du denn, was wir für Rabenhundeeltern wären!" Seitenblick zu Schnarch-Columbo.

„… Sicher, der war schon unten." Schluck, Schluck. Unwillkürlich schaue ich in den kleinen Zierspiegel über der Kommode, um zu sehen, ob ich rot anlaufe beim Lügen. Nein, nichts zu sehen. Ist das jetzt beruhigend oder beunruhigend …?

„Jetzt? …. Nein, jetzt schläft er friedlich, … du weißt doch: Nach dem Gassigehen, gerade, wenn wir schon so eine große Runde gelaufen sind" – hm, noch immer keine Gesichtsröte bei mir festzustellen, vielleicht sollte ich das irgendwie hauptberuflich machen, eventuell kann man diese Begabung gewinnbringend nutzen, in der Politik oder beim Pokern oder so … – „ruht sich Columbo gern

aus." Bei der Erwähnung seines Namens schlägt mein Vierbeiner die Augen auf – für genau eine Sekunde. Dann fallen sie ihm sofort wieder zu und sein Kopf bettet sich noch tiefer auf seine blonde Pfote. Ein schlafähnliches Nasenpfeifen ist zu vernehmen. Sicher träumt er von seiner Hundemutti … „… Klar, ich bin noch dran, Mama." Nicht die Augen schließen, du musst wach bleiben …

„… Was? … Ja, aber sicher … höre ich dir zu."

„Doch doch, … und wie es mich interessiert, was du zu erzählen hast …"

„Ja, äh … nein, euren dritten Nachbarn von rechts kenn ich nicht. Nee, wirklich …. ganz sicher nicht. …. Ich hab mir das leider nicht gemerkt, nein, getroffen haben wir ihn damals auch nicht zusammen. Och Mama, das ist doch schon so lang her, dass ich bei euch war ..." Au Backe, da hab ich etwas gesagt ...

„... Ja, natürlich, ... du hast recht ... Sicher, ... ist echt lang her, ich besuch euch, ehrlich. ... Ja, im im ... ich weiß noch nicht, muss das erst mit meinem Chef abklären, ok? ... Nein, natürlich arbeite ich nicht am Wochenende. ... Ja, gut, ... ok, ok, ... ja, sag ich doch!" Pause.

„Ich komm euch nächstes Wochenende besuchen." Meine Schultern sinken mit meiner Stimmung.

„Ach ja ..." Ich lass den Kopf nach hinten sinken und sehe an die Decke.

„Hm, sicher: Erzähl schon. ... Oh, aja, wie schrecklich, ja ... aber wer ist Herr Schmidt?! Und ... nein, verflixt! Ich kenn seine Mieze nicht, ... nein, wenn ich es dir doch sage, ... ich habe diese Katze nie gesehen ... nein, ich will nicht raten, wer das Auto gefahren hat!!! ... Nein, ieh ... ich ... kann nicht mehr... nicht noch mehr Details bitte, Mama ... Lass ... lass ... lass doch Schmidts Katze einfach in Frieden ruhen..."

Erschöpft atme ich ein und aus. Columbo schmatzt teilnahmslos und beginnt dann leise, zu schnarchen. Der hat es gut, na wenigstens kein Nasenpfeifen mehr ... Da ich mir wieder dem Hörer an meinem Ohr bewusst. Ich fühle mich völlig übernächtigt, als hätte ich die ganze Nacht schwere Steine geschleppt bzw. den bekannten Berg hinaufgerollt, wo diese oben jedes Mal wieder hinuntergerollt sind; gedankenverloren reibe ich mir den Nacken, dann stelle ich mich wieder der Realität.

„… Klar, ich bin am Apparat, ich … ich … nein, natürlich habe ich das nicht vergessen - ja, ha ha, wie lustig, … Onkel Hugos Jubiläumskarnevalstreffen, … tja, weißt du, …. Diese Jahr … der Tag ist … ganz schlecht. … Nein, da hab ich schon etwas schrecklich wichtiges vor! …. Ja, doch, nein, nicht zu verschieben, … ja, ausgeschlossen … schade, ich wäre so gern dabei gewesen, … ja, hm, hm … bestell mal schöne Grüße! Auch an Tante, äh … an die anderen! …Was es ist, was ich vorhab?! … Tja, also das ist nicht so leicht zu erklären… weißt, du, … das verstehst du vielleicht nicht so, … nein , natürlich nicht! … Ich halt dich doch nicht für blöd … Quatsch! Ach Mama, das ist nun ja vollkommener Unsinn, … es ist nur, so eine… Sache…"

„Was? Hm, …. ja, … ich hatte keine Zeit…. Ich hätte dich morgen angerufen, … ja ganz bestimmt … Nein, …. ich hätte es NICHT vergessen … Wieso immer?! …. Also, das stimmt doch gar nicht…"

Columbo hat sich auf den Rücken gedreht und sieht aus wie eine schlafende Kreuzung aus Grizzliebär und Fledermaus.

Ein neues Signal ertönt.

„Ja, du Mensch, ich muss jetzt Schluss machen. Es klingelt auf der anderen Leitung. … Ja, leider … Tschüßi, ja ich ruf dich an. … Versprochen!"

Ich erlaube mir einen erleichterten Seufzer, nachdem ich sicher bin, dass sie aufgelegt hat. Dann nehme ich abwehrbereit das neue Gespräch an, doch meine Züge entspannen sich augenblicklich, als ich den Anrufer erkenne.

„Wie, … aber nein …. Es ist nicht zu früh! … Sicher, kein Problem … er ist schon längst wach…" Ein breites Grinsen macht sich auf meinem Gesicht breit. Ich kann die Hitze der Schadenfreude fühlen.

„Schahatz!", rufe ich aus Leibeskräften nach hinten ins Schlafzimmer, wo mein Liebster noch friedlich döst. „Ist für dihich…"

„Deine Mutter!"

Existenzialismus

Mein Gefährte ist nicht immer existent – zumindest habe ich manchmal dieses Gefühl. Wenn ihn zum Beispiel sein Erzfeind, der laute, schmutzige, rollende Staubsauger ärgert, löst er sich einfach in Luft auf. Ich habe ehrlich keine Ahnung, wie er es schafft, ca. 35 Kilo Körpergewicht und mindestens vier Trilliarden goldener Haare innerhalb von Sekunden verschwinden zu lassen. In welche Ecke ich auch schaue, hinter welches Regal ich auch linse, mein Hund bleibt verschollen - unauffindbar. Bis exakt zu dem Zeitpunkt, da der Staubsauger wieder still hinter einem Vorhang verborgen an seinem Platz steht. Sobald ich mich umdrehe, sitzt Columbo vor mir und feiert seine Wiederauferstehung von den Einzel-Atomen, in die er sich kurzfristig aufgelöst hatte. Ähnliches versucht er gern bei Gewitter, doch leider scheint sein Magiertrick da nicht zu funktionieren – auch wenn er sich noch so sehr bemüht, sich platt hinter den Teppichfransen zu verstecken bzw. sich von diesem Ort des Grauens wegzubeamen. Stattdessen liegt er früher oder später zwischen meinen Füßen und wirft sehnsüchtige Blicke auf meine Hosenbeine, in die er sich so gern verkriechen würde. Aber Hosen mit solch großem Schlag müssen erst noch erfunden werden. Bei langen Spaziergängen finde ich gelegentlich meinen Weggefährten gar nicht wieder. Ich lasse meinen Blick über die Landschaft gleiten, bleibe an einigen großen Steinen hängen, die schwer und reglos in der Sonne glänzen, doch mein quirliges Fellstück kann ich nicht entdecken. Erst als ich pfeife, bewegt sich einer der rundrückigen Steine zwischen dem Gras oder Sand, und als er sich aufrichtet, um mich anzuschauen, erkenne ich Columbo in einem der vermeintlichen Findlinge wieder.

Doch auch das andere Extrem ist nicht selten. Dann lässt der Hund mich seine Anwesenheit so umfassend spüren, dass ich und mit mir sämtliche unfreiwilligen Zeugen an nichts anderes denken können, als an seine vier aufgeregt tanzenden Pfoten oder seine unüberhörbaren Schnüffel- und Schmatzgeräusche. Unser Nachbarskind ist sehr musikalisch, quasi ein direkter Nachkomme vom berühmten Meister Mozart. Zumindest denken das ihre als Kunsterzieher tätigen Eltern. Sie selbst, fünfjährig, stupsnäsig und eher bodenständig auf ihre kindliche Art, sieht das alles eher gelassen. Sie spielt den Großeltern und Freunden gern etwas vor, weil sie dann gelobt wird und Schokolade geschenkt bekommt, aber angesichts eines lebenden kindgroßen Kuscheltiers im Treppenhaus hat sie keinerlei Skrupel, das Instrument auf der Stelle links liegen zu lassen und jauchzend auf Columbo zu reiten. Heute aber war ein besonderer Tag, und mit unserem Vierbeiner würde erst später gespielt werden, denn unser Fräulein Wunder gab zum Advent ein Hauskonzert. Bei den ersten Tönen aus der Blockflöte sprang Columbo auf und rannte unruhig im Kreis der Anwesenden herum. Als er die Geräuschquelle lokalisiert hatte, setzte er sich mit aufgestellten Ohren vor die Musikerin und staunte sie mit runden Augen an. Dabei legte er so niedlich den Kopf schief, dass das Stück vor Lachen unterbrochen und neu begonnen werden musste. Speichel sprühte fröhlich von den kindlichen Lippen auf Columbos Kopf nieder. Columbo reagierte mit einem Liegestreik; er drehte sich auf den Rücken, rollte bei den hohen Tönen mit den Augen und stieß unrhythmisch abgerissene Heultöne aus. Ich versuchte ihn zu beruhigen, doch nun robbte er wie in Trance mit der Schulter voran über den Boden, nur unterbrochen von kurzen unmotivierten Luftsprüngen. Alle Aufmerksamkeit galt nun dem Hund, was meine Nachbarn mit bösen Blicken quittierten, während die Flötistin angesichts der ungewöhnlichen Tanzeinlage mit den Lachtränen und der Tonfolge kämpfte. Ich verkroch mich schließlich unter dem Tisch; Columbo gesellte sich kurzzeitig dazu, als der donnernde Applaus ihn aus seiner Lethargie riss. Die Kleine verbeugte sich schüchtern; Columbo folgte ihr, wie er vorher den Tönen gefolgt war. Er ließ sie und die Flöte nicht aus den Augen. Kaum größer als das kräftige zottelige Tier wirkte sie wie die Hundefängerin von Potsdam, wie eine geheimnisvolle Hundebeschwörerin. Columbo klebte ihr an

den Fersen, stoppte, wenn sie stoppte, saß, wenn sie sich setzte. Es war bühnenreif. Die Leute applaudierten abermals und ich traute mich langsam wieder unter der von altem Kaugummi übersäten Tischplatte hervor. „Ach da bist du!" Meine Freundin sah mich überrascht an, „Ich dachte schon, du hast dich in Luft aufgelöst …"

Actionhero

Columbo ist ein unvergleichlicher Actionhero. Es darf nur nicht zuviel Action sein. Und nichts mit bösen Staubsaugern zu tun haben. Oder gefährlichen Kunststoffplanen. Dann springt Columbo nämlich mit einem Stuntman-Satz zur Seite, weil sich ein vermeintlich riesiges Monster mit Gebrüll auf ihn stürzt: Eine Fahrradplane hatte sich bedrohlich raschelnd im Wind aufgebläht …

Und Knaller aller Art gehen natürlich gar nicht. Ob eine Tür zufällt, ein irres Kind sein Kinderzimmer nebenan zerlegt oder gar, die schlimmste aller

Naturkatastrophen, ein Gewitter im Anmarsch ist, unser Hero versucht sich ganz unheldenhaft unter'm Teppich zu vergraben. In der Regel aber erweist sich das ausgeguckte Versteck als nicht unproblematisch, da es sich dabei um Auslegware handelt. So flach kann selbst unser vierpfötiger Artist sich nicht machen, dass er unters Klebeband passt ... also verbuddelt er sich in den Staubmäusen unter der Couch, so dicht an die Wand gedrückt, dass er bald beim Nachbarn rauskommt. Das Schlimmste muss für ihn ein donnerndes Gewitter in der Silvesternacht sein – sozusagen der Doppel-Mega-Knall. Aber vielleicht ist das dann auch egal, weil er eh schon, ganz gleich bei welchem Knallen, als zitterndes Häuflein Elend in der Ecke sitzt.

Bei räumlich weiter entfernten Feuerwerksaktionen das Jahr über hält er sich ein wenig besser und schafft es sogar die Regel einzuhalten, das Schlafzimmer während der Zeckenzeit nicht, na ja, weniger oft, zu betreten. Aber er freut sich unbändig, wenn einer von uns nachts auf die Toilette muss. Er erwartet uns niedlich wedelnd im Flur, verfolgt unser Tun genau, um uns dann im Halbschlaf erwischend mit einem herzerweichenden Blick, der den großen Augen des Katers im Film Shrek Konkurrenz macht, zu überrumpeln. Er nutzt die Gelegenheit, schmeichelnd an unserer Seite, wie zufällig gleich mit ins verbotene Schlafzimmer zurück zu kommen. Sein kaltes einsames Körbchen ist angesichts der fiesen Geräusche da draußen vergessen ... Keine Chance: diverse verschieden energische Aufforderungen ignoriert er stoisch oder quittiert sie abermals mit jenem ängstlich großäugigen Blick, dass jegliche erzieherische Konsequenz, auch angesichts der fortgeschrittenen Uhrzeit, flöten geht. Also liegt er die halbe Nacht angstvoll hechelnd neben unserem Bett. Sein Atem ist so laut, dass das Wort „Tiefschlaf" wie der reinste Hohn klingt ... Die Furcht kennt keine Uhrzeit. Liebevolle Beruhigungsversuche, verzweifelte Ermahnungen, dass jetzt „alles gut" sei, bringen exakt null Punkte! Nichts ist gut, Frauchen, selbst wenn das Knallen vorbei ist, es könnte ja wiederkommen ... Nur kurz hält er in seiner Hecheltirade inne, setzt sie aber garantiert in dem Augenblick fort, in dem man endlich sanft und dankbar wieder in den wohlverdienten Schlaf hinüber gleiten will. Und zwar in doppelter Lautstärke. Tja, unser (Riesen)Baby! Dennoch; es ist bereits besser geworden: Als er klein war, hat er sich noch viel mehr gefürchtet, schon bei starkem Regen, der in unserer Dachwohnung lautstark gegen Schindeln und Fenster schlug, wurde er unruhig und suchte Schutz zwischen unseren Stühlen, am liebsten wäre er unter unsere Schuhsohlen geschlüpft ... Wie schlimm die Angst ist, kann durch einen einfachen Test festgestellt werden: Wir bieten ihm verschiedene Speisen an. Frisst er überhaupt etwas, dann ist die Furcht noch nicht ganz so schlimm - wenn fressen noch geht, ist noch nichts verloren. Je nach „Leckergrad" des Fresschens ist der Grad seiner Erregung verortbar. Mampft er sein normales Futter, ist er nur etwas beunruhigt, nimmt er nur noch seine Lieblingskekse an, ist es schon schlimmer. Lehnt er sogar Würstchen ab, dann ist gleich die „Hilfe-ich-vergrabe-mich-unter-dem-Teppich"-Nummer angesagt, weil die vermeintliche Apokalypse droht. Und einmal im Jahr kann auch die begehrteste dargebotene Delikatesse nichts ausrichten: An Silvester wird das Bibbern zu groß, als dass an so etwas Profanes wie Nahrungsaufnahme zu denken ist! Außerdem braucht er dann seine Zähne zum Klappern … Aber lass es ruhig mal da für später liegen, Frauchen, der kleine Hunger kommt bestimmt …

Kosenamen

Unsere ehemalige Praktikantin, falls sie das hier liest: eine wirklich wundervolle, fleißige und begabte junge Dame übrigens! tat anfangs das, was in der Regel alle tun. Sie fand Columbo auf den ersten Blick „süüüüüüüüüß!" Doch einen Vorgeschmack auf ihre verbale Kreativität erhielten wir bereits bei dieser ersten Mensch-Hund-Begegnung. Denn verebbten die Entzückungsrufe der anderen Columbobetrachter meist nach wenigen Sekunden, fanden ihre Begeisterungsbekundungen kaum ein Ende. Besagte junge Frau, nennen wir sie einfach S., betitelte unseren geschmeichelten Vierbeiner nicht nur als „niedlich" oder „putzig", sondern auch als „megaklasse", „supercool" und „wahnsinnsgeil", und knuddelte ihn dazu simultan so gründlich durch, dass wir und er schließlich einen verwirrten Blick tauschten. Vielleicht, dachten wir, möchte sie am ersten Tag eben einen besonders guten Eindruck machen. Doch ihre starke Hundeliebe blieb, ja schien mit jedem Morgen, da sie uns mit einem knappen Nicken, Columbo hingegen mit einer ausgiebigen Knutschtirade begrüßte, noch zu wachsen. Minutenlang kraulte, puffte, stubste und streichelte sie unseren zunehmend verwöhnten Hausgenossen. Dieser machte die ersten Male einen leicht verwirrten Eindruck. So viel und lang anhaltende Aufmerksamkeit war er in dieser Form nicht gewohnt. Nachdem S. durch die Tür kam, versuchte er sich, das Kommende ahnend, unauffällig unter den nächsten Schreibtisch zu verdrücken, doch S. war schneller. Längst hatte sie ihn erspäht und sich wie nach langer Entbehrung auf sein weiches Fell gestürzt. Columbo hatte Hilfe suchend von einem zum anderen geschaut. Schließlich hatte er sich ins Unvermeidliche gefügt und war in Duldungsstarre verharrt, während seine Ohren geschmust, seine Pfötchen gehoben und seine Bauchröllchen geknetet wurden. Nicht selten lösten sich schon bei dieser Aktion am Morgen helle Fellbüschel, die stumm zu Boden schwebten und denen er melancholisch hinter herschaute. War die erste Runde geschafft und S. ließ von ihm ab, blieb Columbo wie nach einem K.O. kraftlos am Boden liegen. Vielleicht stellte er sich tot. Oder S. wandte die geheimen Massagentechniken einer asiatischen Kampfsekte an und machte ihn damit bewegungsunfähig. Wir wagten nicht, sie danach zu fragen. Schließlich war S. nicht gerade klein und außerdem eine grandiose Basketballspielerin …

Doch allmählich fand unsere nasse Hundenase Gefallen an den morgendlichen, vormittäglichen, mittäglichen, nachmittäglichen und abendlichen Knautsch- und Spielaktionen, die zu und mit seiner Person von S. veranstaltet wurden: Bälle flogen durchs Büro, Hundebeine streckten sich genüsslich auf dem Konferenztisch und Würste verschwanden auf geheimnisvolle Weise, obwohl S.

doch Vegetarierin war. Columbo genoss seine Vormachtsstellung. Dass er dafür mit Wortakrobatiken traktiert wurde, störte ihn herzlich wenig. S.´ Hundeliebkosungen gingen nämlich stets mit einem Schwall mehr oder weniger origineller Ausrufe einher. Meist waren es, je nach Tagesform von C. und S. eher harmlose Bezeichnungen wie „Stupsnupse", „Du knuddel-fuddeliger Hundemann!" oder „Ich könnt dich auffressen!" und biss ihm ins Ohr, so dass er vor Schreck beinahe zurückbiss. Doch manchmal klingelten mir auch die Ohren, wenn S. kein Blatt vor den Mund nahm und meinem armen kleinen Höllenhund Namen wie „Gurkennase". „Rattenschwanz" und "Hammelbein" verpasste. Rot wurde ich schließlich bei „Sackgesicht" und „Rammelarsch". Auch „Kackiwurst" ging über meine Kosenamentoleranz hinaus. In diesem von S. initiierten Irrenhaus der Spitznamen fehlte freilich nur noch Loriots legendärer „Hundschwanz".

Unser hilfloser, weil der menschlichen Sprache nicht mächtig, Rüde war hart im Nehmen und auf ein einfaches „Columbo" hört er seit dem schon lange nicht mehr …

Starlet

Heute ist Columbo ein Star. Er hat als Werbehund seinen großen Auftritt. Aus hunderten Bewerbern, na schön, eigentlich waren es nur Arnold, der zu zappelig war, die Nachbarshündin Molly, die zu dick war und Hugo, der zu trotzig war.

„Süß, blond und ruhig ein bisschen doof sollte der Hund sein", hatte der Marketingleiter der Firma, die das zu bewerbende Produkt herstellt, am Telefon gesagt.

„Kennen Sie Columbo bereits?", habe ich ihn überrascht gefragt.

„Nein bedaure, nur aus dem Fernsehen", hat er Charme versprühend geantwortet.

„Nein, nicht der! Ok – ich habe den perfekten Hund für Sie."

Gesagt, getan … Als ich meinen Hundegefährten wenige Minuten später vom Gassigang mit Herrchen heimkommen sah, war ich mir da nicht mehr so sicher, ob ich das Versprechen, das ich so enthusiastisch gegeben hatte, auch einhalten konnte. Columbo sah aus wie ein paniertes Schnitzel. Er steckte in einer Kruste graubraunen angetrockneten Schlamms. Seine Bestandteile waren schwer auszumachen, doch neben verschmutztem Sand und brackigem Wasser sowie vereinzelten Pflanzen- und Kleintierresten, tippte ich, dem durchdringenden Gestank nach auf Pferdeäpfel und Buttersäure. Stolz trug er seinen die Nase beleidigenden Körperschmuck durch den Flur. Bei jedem

Schritt knirschte es. „Halt!", rief ich. Mein Freund, der ähnlich zugesaut war, da lässt man die beiden mal eine Stunde allein!, sah mich erstaunt an. Normalerweise hätte ich mich jetzt ausgeschüttet vor Lachen, mir prustend die Nase zugehalten und die beiden ihrem stinkenden Elend überlassen, doch so musste ich handeln. Wer weiß, womöglich würde unser Hund einst ein würdiger Lassie-Nachfolger werden?! Ich schilderte meinem menschlichen Mitbewohner den Ernst der Lage, während Columbo beim Wasserschlabbern das Bad verwüstete. Nachdem wir die Nacht durchgemacht hatten, lag Columbo tatsächlich am nächsten Morgen sauber in seinem Körbchen. Sein Fell glänzte silbrig-golden, seine Lefzen machten einen gepflegten Eindruck, sogar die langen hellen Wimpern lagen unverklebt in Reih und Glied wie filigrane Teppichfransen. Nun ist es soweit. In wenigen Minuten beginnt sein großer Auftritt. Ich bin mindestens so nervös wie ... Keine Ahnung, jedenfalls kann ich kaum still sitzen, im Gegenteil zu meinem bald berühmten Gefährten, der mit geschlossenen Augen gleichmäßig atmend neben mir liegt. Als es losgeht, wird er nun doch wach und umkreist fröhlich die kleine Fotografen-Crew, beobachtet interessiert das Aufbauen des Zubehörs, beschnuppert die Requisiten, leckt die Füße des weiblichen Models an, was diese mit einem erschreckten markerschütternden Schrei quittiert, woraufhin sich Columbo schnell zurückzieht. So, jetzt heißt es, in Position setzen. Da gehen die Probleme schon los: Das Model sitzt, doch Columbo weigert sich vehement, der Frau zu nahe zu kommen, die ihn vorhin so undamenhaft angebrüllt hat. Was das angeht, hat er ein Elefantengedächtnis unser, schreckhafter Held.

„Ok, können Sie bitte mal helfen", fordert mich der Assistent auf; ihm stehen bereits die Schweißperlen auf der Stirn angesichts Columbos Meutern.

„Aber natürlich", flöte ich optimistisch und hoffe, dass niemand sieht, wie mir das Herz in die Hose rutscht, als ich auf Columbo zugehe, der gerade

aufmerksam eine umherirrende Staubfluse verfolgt. Alle Augen sind auf mich gerichtet; nun unbedingt ruhig und pädagogisch vorgehen, ermahne ich mich. Verzweifelt versuche ich mir in den Folgesekunden all die Tipps und Tricks der Hundetrainer ins Gedächtnis zu rufen, doch in meinem Kopf kreist immer nur der Satz: „Doch bedenken Sie; ein Tier ist keine Maschine …"
Große Schweißflecken haben sich auf meinem Hemd gebildet, mein präventiv geschminktes Gesicht, vielleicht fällt das Model aus und sie brauchen dringend Ersatz, ähem, zerläuft zu einer lustigen bunten Farbmischung. Doch, Columbo lässt sich von mir – und dem überzeugenden Argument eines Stückes seiner Lieblingswurst, widerstandslos an die Seite des inzwischen schon ungeduldigen Models führen. „Bleib!", sage ich mit zitternder Stimme. Und, oh Wunder, er bleibt. Kurz darauf folgt ein wahres Blitzlichtgewitter. Der Fotograf ist begeistert.

„Ein wunderschönes Tier", schwärmt er. Columbo sieht wirklich zum Anbeißen aus. Aufmerksam schaut er in die Kamera, zur Seite und nach oben, ein wahrer Augenschmaus. Mein Freund und ich platzen fast vor (Eltern)Stolz!

„Das hat er eindeutig von mir", gibt mein Freund an.

„Ach und das auch?", frage ich schadenfroh im nächsten Augenblick. Unser tierisches Starmodel hat nämlich beschlossen, dass das jetzt genug sei und sich wieder hingelegt. Dösend hat er es sich auf dem Rock des Menschenmodels gemütlich gemacht. Trotz verschiedenster Weckversuche, kann er die Lider nicht offen halten, sie klappen einfach immer wieder zu. Schade, dass man das süße friedliche Schnarchen nicht auf Zelluloid bannen kann. Verträumt schmatzt er im Schlaf und wendet den Kopf nun ganz weg von der Kameralinse. Ein Speichelfaden zieht sich quer über den seidenen Stoff des zu bewerbenden Kleidungsstückes. Wieder kreischt die Dame. Missmutig öffnet Columbo die Augen und wirft einen strafenden Blick auf die Heulboje an seiner Seite. Als dann alle wild um ihn herumwischen und pudern, wird er auch er zappelig. Er streckt dem Fotografen seine Hinterseite entgegen, bewegt sich zu schnell, ja wuselt geradezu durch die Gegend, nach dem Motto „Gewecktist geweckt ist geweckt". Sämtliche Beruhigungsversuche schlagen fehl, er macht einen großen Bogen um Model samt neuem Rock und untersucht stattdessen ausgiebig das Blitzgerät. Dann wird es ihm zu warm und er entschwindet aus dem Dunstkreis der wärmeabstrahlenden Scheinwerfer. Im Verlauf der nächsten halben Stunde haart er auf seinen Erkundungstouren die Studiostoffe voll, legt sich auf Kabel, inspiziert den Schirm von unten und findet sogar noch einige einsame Krümel auf dem Boden, die er begeistert mit der

Zunge aufliest, um sie zu probieren. Das Model schüttelt sich vor Ekel, trinkt aus Verzweiflung zwei Liter Mineralwasser auf Ex und besteht schließlich darauf, ihren Agenten anzurufen. Unser Letzter Trumpf versagt: Der neue Ball, nach dem Columbo gestern noch ganz verrückt war, interessiert ihn heute nicht mehr die Bohne. Er leckt sich ausgiebig die Pfote, die nun klitschnass wenig appetitlich aussieht. Auch beim letzten Versuch macht er nicht mehr mit: Er schaut immer in die falsche Richtung, dorthin wo der Vogel vor dem Fenster piepst und nicht zu dem in der Kamera. Als Höhepunkt der Aktion reißt unser launischer Star, nach einem kräftigen Nieser des Models panisch das Stativ um.

Der Fotograf packt resigniert die Sachen zusammen und schaut mich an. „In muss Ihnen ehrlich sagen", ich halte vor Spannung die Luft an, „mit keinem anderen Model ist das Shooten so anstrengend", er lächelt plötzlich, „aber auch so spaßig."

Mit einem gequälten Lächeln verabschieden wir uns von der Crew, Columbo ist inzwischen wieder ganz gelassen und folgt der Truppe Schwanz wedelnd bis zur Tür. Mit großen Gesten verabschieden sich alle, und sogar unser Topmodel, jetzt in Jeans statt Abendgeradrobe streichelt Columbo zum Abschied sacht mit spitzen Fingern.

Nachmittag

Nach einem Stück Kuchen, für jeden von uns, machen Columbo und ich uns auf den Weg zu einem herrlichen Spaziergang durch Feld und Flur, na schön, mehr durch Straßen und Parks, aber Bäume sind schließlich Bäume, oder? Während sich mein Wohngenosse die letzten Gebäckkrümel aus dem hellen Fell leckt, lege ich meine sonntägliche Ausrüstung an: Turnschuhe, Sonnenbrille, Papiertütchen, falls Columbo wieder einmal beschließen sollte, sein Häufchen als Aufmerksamkeitsbekundung direkt vor die Füße des Nachbarn oder, in einer vermeintlich freiheitlich-anarchischen Anwandlung, eines Parkwächters zu setzen – alles schon da gewesen … Im Treppenhaus weichen eine Frau und zwei Kinder dem vor Vorfreude irre dreinblickenden Columbo aus, der bereits wieder die Stufen hinunterhetzt, als wäre er bei Bombenalarm panisch auf dem Weg zum rettenden Luftschutzkeller. Also bremse ich seinen Enthusiasmus, indem ich ihn erst einmal „Sitz" machen lasse vor der Haustür. Gut, jeder zweimal tief durchatmen, nun kann es losgehen. Zufrieden schlendere ich durch die Wochenend-leeren Gassen und genieße den leichten Wind auf der Wange. Leider nur 30 Sekunden lang; dann wird das laue Lüftchen zum Sturm, da mich Columbo mit Höllentempo zu seiner Lieblingswiese zieht – Aufschub unmöglich. Heroisch füge ich mich in mein Hundbestimmtes Schicksal und renne japsend hin-

ter ihm drein. Die Leine „Extrastrong" hält, was sie verspricht: An einem Ende ziehen 35 Kilogramm Lebendgewicht in blondes Fell kompakt gewickelt, am anderen hängen, nun sagen wir knapp 50 Kilogramm graziles Frauenkörperchen, na also schön, 54 Kilo, halb schleifend, in der verzweifelten Hoffnung, jetzt nur nicht in den Flipflops zu stolpern. Abrupt bleibt mein Schoßhündchen stehen, denn er hat „nen Stock uff Beenen" entdeckt. Ein appetitlich braunes Stöckchen, das sich zu allem Überfluss auch noch bewegt. Und zwar direkt auf uns zu. An der Front des Holzes zuckt eine unverkennbar zweilöchrige Nase und vier kurze Stummelbeinchen tragen den langen nach unten durchhängenden Leib. Als sich das Gehölz zielstrebig zuerst Columbos und dann meinem Hinterteil nähert, um ausgiebig daran zu riechen, entpuppt es sich schließlich als dackelähnliche Tierart. Ein Minirostbratwurstgleiches Schwänzchen beginnt hektisch zu wedeln, als es auch in dem vermeintlichen weichen Fellsack einen Hund erkennt. Columbo scheint zwar eine Million Mal größer als dieser laufende Zweig, doch das stört keinen der beiden. Nach einem ersten zögerlichen Nähern, Naserümpfen und Anstupsen findet mein Begleiter Gefallen an dem langbäuchigen Hündchen und scheucht den Rennzwerg über den Rasen, wobei dieser in Gänze zwischen den Halmen verschwindet. Durch seine im Vergleich wahrhaft gigantische Körpergröße von Allmachtsphantasien heimgesucht, springt Columbo trampolingleich um den Liliputanerhund herum und versucht ihm, vor die Sonne zu hüpfen. Doch Schatten hat der Kleine von ganz allein. Jedes Blümchen, sogar die Kleeblätter scheinen ihn zu überragen. Er legt sich nieder und wir haben Mühe, ihn zwischen den wuselnden Ameisen wiederzufinden. Columbo wälzt sich genüsslich im frischen Gras, wobei ich langsam Angst bekomme, dass er den Knirps überrollt in seine ekstatischen Zuckungen. Auf dem Rücken liegend robbt er sich von Stelle zu Stelle; nur seine in den Himmel ragenden strampelnden vier Pfoten und die umher fliegenden Grashalme sind zu sehen. Schließlich ist das laufende Stöckchen, das nicht einmal bellen, nur leise und hoch fiepen konnte, verschwunden. Hm, entweder ist er in die Tiefen eines Maulwurfsloches gestürzt oder Columbo hat ihn doch versehentlich inhaliert ...

Auf dem Rückweg stehen wir plötzlich vor einer Wand. Die war vorhin noch nicht hier, irritiert berühre ich den grauen Stein, der gar keiner ist. Warme, von strubbeligem Fell bedeckte Haut fühle ich in meiner Handfläche. Ich trete einen Schritt zurück, um dies riesige Hindernis zu begutachten. Einen weiteren Schritt, Columbo folgt mir mit angelegten Ohren und gesenkter Rute. Noch einen, und noch einen. Da plötzlich entdecken wir hinter dem Mauerrand in schwindelerregender Höhe einen Lichtstrahl. Wir sehen uns einem gigantischen Wesen gegenüber, dessen Kopf am äußersten Ende, lange zähe Flüsse von schleimigem Sabber absondert und entsetzliche Säbelgroße Zähne entblößt. Irgendwo in den dunklen Hinterzimmern meines Gedächtnisses drängen Erinnerungsfetzen an den Irish Wolfhound oder die Deutsche Dogge an die Oberfläche. Ich schaue ungläubig auf die ewig langen Beine des GigantoDogs und muss unwillkürlich an den Film „Jurassic Park" denken. In diesem Augenblick kommt mir Columbo so winzig klein vor. Wir müssen das Tier ablenken, um vorbeizukommen,

schießt es mir durch meinen vergleichsweise erb-
sengroßen Kopf. „Los Columbo, spiel mit ihm!",
versuche ich den Trick, der sonst immer funktio-
niert, doch mein Hund hat es vorgezogen, sich in
meine leinerne Umhängetasche zu flüchten. Sein
Hinterteil hängt gefährlich weit raus und der Rie-
men an meiner von der Belastung schiefen Schulter knirscht bereits unheilvoll. Ich fürchte, diese
Multifunktionstasche, wie sie im Laden so verfüh-
rerisch angekündigt wurde, ist nicht für das Mit-
führen mittelgroßer Hunderassen geeignet. Während ich noch mit weit geöffneten Augen darüber
nachdenke, ertönt ein Pfiff, ein Sog wird fühlbar
und nach dem nächsten Zwinkern ist die Mauer
vor uns verschwunden. Nichts ist mehr zu sehen,
allein ein dumpfes Vibrieren des Bodens unter den
davon stürmenden Schritten des Hundegoliaths
ist zu vernehmen. Ich bedenke das vor Angst
erheblich geschrumpfte Hundebündel namens
Columbo in meiner Tasche mit einem tröstenden
„Na, mein Kleiner?!" und renne dann so schnell
ich kann nach Hause, wo wir uns gemeinsam – aus-
nahmsweise – zitternd im Bett verkriechen.

Reise Ostsee

Als es raschelt, drehe ich mich blitzartig um, doch es ist bereits zu spät: Ich sehe unser Reiseproviant bereits im gewaltigen Schlund meines Lieblingshundes verschwinden: Butterbrote, Kokoskekse und Schokodonuts sind dem legendären „Großmaul Columbo" zum Opfer gefallen. Einzig einem einsamen Papierzipfel gelingt die Flucht fast; er baumelt unserem Haustier unmotiviert aus dem Schnauzenwinkel. Ein würgendes Geräusch, ein letztes Schlucken und alles ist unwiederbringlich dem Bio-Kreislauf zugeführt, sogar das Fetzchen Papier von eben; nun, in wenigen Stunden werden wir es sicher wieder finden – im Haufen unseres Vierbeiners. Den Rest der Fahrt begnügen wir uns also mit pappigen Salzstangen – bis sich einige verdächtig feucht anfühlen, doch Columbo schaut nur unschuldig. Er ist mit Verdauen beschäftigt – daran bleibt kein Zweifel, ein olfaktorisches Erlebnis in der Autofahrerkabine, deren Fenster klemmen!

Endlich kommen wir an; wie Erstickende – und dieser Vergleich hinkt keineswegs – reißen wir die Türen auf, während unsere Vermieterin einen misstrauischen Blick, zuerst auf unsere grünen Gesichter und zugehaarte Kleidung, dann durch die zugesabberten Scheiben auf unseren Gefährten wirft, dem gerade ein Kondenstropfen von der Nase auf die Kopfstütze des Vordersitzes perlt. „Das ist aber ein schöner – großer! – Hund", stellt die kräftige

Frau fest. „Ja, und sooooo pflegeleicht", versichere ich ohne rot zu werden, als sie merklich zögert, uns den Schlüssel zum Ferienhaus auszuhändigen. Ihre Stirn scheint durchsichtig zu werden und ich kann erkennen, wie die Gedanken dahinter rasen. In Sekundenschnelle ziehen Bilder des Schreckens an uns vorbei: Von Hundeurin dunkel verfärbte Mülltonnen vor dem Haus, angeknabbertem Mobiliar, verwüsteten Blumenbeeten und toten Hasen vor den Betten im Zimmer.

„Eigentlich schläft er den ganzen Tag!" Ich unterstreiche meine Überzeugung, in dem ich ihr selbstsicher das Schlüsselbund aus den Fingern entwinde. Bevor sie protestieren kann, rennen wir drei ins Haus und schließen hastig die Tür. Neugierig wird von acht Beinen das Häuschen inspiziert. Ferien. Schön. Ruhe. Helles lautes Bellen reißt mich aus der gerade erkämpften Entspannung noch bevor ich die Schuhe ausgezogen habe. Im Wettlauf stürmen mein Freund und ich die Treppe hinauf, um Columbo zu retten – oder aber jemanden vor Columbo zu retten. Das wird sich erst herausstellen … Im zweiten Stock hockt unser Freund in sicherer Entfernung vor einem kindsgroßen lilafarbenen Pelztier und schwankt zischen hysterischem Angstbellen und freudiger Begrüßung des Fremdlings. Wir legen das Stofftier auf den Rücken und kriechen mit ihm – freundliche „Unkunk" Geräusche ausstoßend über den Boden.

Columbo erkennt das Unterwerfungsverhalten an und beginnt mit dem Spiel: vergnügt stupst und beschleckt er das fremde weiche Wesen; als wir an den Strand gehen wollte, springt unser Hund gerade vergnügt auf dessen Bauch umher.

Von bei-Fuß-laufen hält Columbo in der neuen aufregenden Umgebung herzlich wenig. So stolpere ich unter den amüsierten und mitleidigen Blicken der anderen Touristen – manche haben Mitleid mit Columbo, viele mit mir – den Weg zum Meer hinunter. Ich muss kaum die Füße bewegen; Columbo zieht es und mich mit der ganzen Kraft seiner 35 Kilogramm ans Wasser; aufgewirbelter Sand weht mir ins Gesicht. Als kalte Feuchtigkeit zwischen meine Zehen sickert, bin ich sicher, dass wir angekommen sind. Mein Freund hat die grandiose Idee, Columbo einfach von der Leine zu lassen. „Dann kann er sich mal richtig austoben", sagt er lachend. „Ohne dich im Schlepptau." Ich lasse mich auf den kühnen Vorschlag ein, obwohl ich nach wie vor den Verdacht hege, dass mein Liebster immer noch die Hoffnung hat, Columbo würde einfach laufen, immer weiter und weiter – und nicht mehr zurückfinden. Aber nein, er würde die morgendlichen Begrüßungsarien, die fröhlichen Nasenstülper und das Auf-die-Füße-kuscheln doch zu sehr vermissen. „Ok, Columbo: Sitz", rufe ich in bester pädagogischer Absicht, Columbo für sein Gehorchen mit der Freiheit zu belohnen.

Nichts geschieht, Columbo starrt weiterhin in die Ferne. „Sitz!" wiederhole ich energischer. Zwei andere Hunde hinter mir setzen sich brav auf ihr Hinterteil, nur unser Prachtexemplar hört nichts außer dem betörenden Rauschen der Wellen. Beim dritten Befehl – nun direkt neben seinem Ohr – bequemt er sich schließlich doch noch, ein „Sitz" anzudeuten. Kaum habe ich den Karabinerhaken geöffnet, schießt er wie ein geölter Blitz nach vorn. Na gut, denk ich, weglaufen kann er ja nur in zwei Richtungen, allerdings kilometerweit, aber die anderen beiden Richtungen sind begrenzt: auf der einen Seite von der Steilküste, auf der anderen vom weiten Meer … Soweit die Theorie. Im nächsten Moment erblicke ich Columbo als wild paddelnden Punkt weit fort vom Strand, er steuert direkt auf Amerika zu. Lautes Rufen und Gestikulieren erreicht ihn gar nicht mehr; er lebt seinen Traum von der Freiheit, während sich mein Freund unfein fluchend und tragisch bibbernd bereits in Unterhose in das eiskalte Wasser der Ostsee stürzt, um unseren todesmutigen Hund vor der nächsten Boje abzufangen. Columbo begrüßt den heran schwimmenden Spielkameraden übermütig, macht aber keine Anstalten, mit ihm zurück zu kehren. Fünf endlose Minuten später schleppen sich Hund und Herrchen aber Gott-sei-Dank gemeinsam an den Strand, der von Schaulustigen übersät ist, die angestrengt ihre Meinungen über

gelungene Hundeerziehung austauschen. Ich
schimpfe meinen Freund aus und lobe Columbo,
dann besinne ich mich und tue es umgekehrt. Zu
allem Überfluss hockt sich unser Hund auf dem
Nachhauseweg direkt über einen schrägen Find-
ling und krönt diesen gelungen Tag mit halbver-
dautem Gebäck auf diesem natürlichen Podest.
Wir verlassen fluchtartig die Küste.

Die nächste Woche verbringen wir zwei schnie-
fend im teuer gemieteten Ferienhaus mit Taschen-
tüchern, Wärmflasche und Hustensaft. Nur
Columbo fühlt sich pudelwohl lang ausgestreckt
vor dem Kamin – neben seinem lilafarbenem
neuen Freund.

Columbo im Sportwagen

Columbo ist manchmal so ein „richtiger Kerl". Nicht nur, dass er – sorry Jungs – schnarcht, als würde er in seinem Körbchen ganze Wälder zersägen, blutige Steaks bevorzugt und generell gern säuft und sabbert, von seinem starken Bartwuchs und seinem Mundgeruch, der Tote aufwecken könnte, ganz zu schweigen, nein, er steht auch auf Autos! Je größer und schneller desto besser. Eines seiner kuriosen Hobbies ist Autos-schnüffeln, stark der Autos-gucken Neigung seines Herrchens ähnelnd. Ungeduldig zieht er mich dabei zum ersten vierrädrigen Gesellen hin, der in der Straße steht. Er hält seinen Geruchsrüssel an den Griff der Tür. Ist dieser harte Check bestanden, sprich, erachtet Columbo den Duft als angenehm oder interessant, geht es weiter. Er schnüffelt gründlich an Felgen und Auspuff, beriecht sich lange die Rückspiegel und nimmt ab und zu noch unauffällig mit an der Seite herausfahrender Zunge eine kleine Geschmacksprobe. Sind die Ergebnisse zu seiner Zufriedenheit ausgefallen, kommt der weniger wichtige Sinn zum Einsatz, das Sehen. Erst scharwenzelt mein Hund einmal prüfend ums Heck, dann schaut er sich den Vorderteil des Wagens genau an. Abschließend schnüffelt die Supernase ein weiteres Mal am Türgriff, ob sich in der Zwischenzeit vielleicht etwas geändert hat. Als Welpe und noch als Junghund testete er auch gern die Widerstandsfähigkeit der Autolackierung, indem er jubelnd am Fenster hochsprang. Besonders gern, wenn Menschen im Auto saßen, die er kannte, was unseren Freundes- und Bekanntenkreis erheblich hat schrumpfen lassen. Glücklicherweise konnten wir ihn in der Folgezeit mittels gegenseitigen Verständnisses, langer offener Gespräche und einer kurzen starken Leine davon abbringen.

Die Hundehaftpflichtversicherung aber war Gott sei Dank jedes Mal sehr verständnisvoll – wir haben sie inzwischen fünfmal gewechselt ... Hat er genug, geht er zum nächsten Auto. Nur, gewöhnlich stehen in einer Straße sehr viele Autos ... Und bei uns in der Gegend wimmelt es nur so von Straßen – mit Autos. Das heißt, ein Spaziergang von drei Stunden ist keine Seltenheit. Mit dem Unterschied allerdings zu „normalen" Hunden, hat Columbo in dieser Zeit keinen einzigen Vogel beobachtet, es sei denn er saß gerade auf der Kühlerhaube, keinen einzigen Grashalm gepflückt und schon gar nicht sein Geschäft erledigt. Dafür kann er aber vermutlich jedem Nachbarn sein Auto zuordnen. Vielleicht sollte ich mich doch bei der legendären TV-Sendung „Wetten dass" mit ihm anmelden... Wenn ein Nachbar ein neues Fahrzeug hat, ist mein Vierbeiner besonders aufmerksam. Er inspiziert dann noch gründlicher – wie einem TÜV-Check. Unser eigenes Auto, seit Neuestem ein sportlicher Coupé, ist allerdings sein allergrößter Schatz, denn da darf er mit rein. Er liebt das Gefühl des vibrierenden Motors unter seinem Hinterteil, schaut stolz von der Rückbank nach vorn oder aus dem Fenster und beschnüffelt jede Naht, guckt sich alles genauestens an. Er fühlt sich pudelwohl. Mein Bruder fährt den gleichen Wagen als Cabrio; das findet Columbo nicht so gut – außer mit Kopftuch und Sonnenbrille … so richtig Easy Rider mäßig, yeah!

Columbo am Schloss

Ein wunderschöner Frühlingstag lädt mit warmem Sonnenschein und weißen Wölkchen zu einem ausgiebigen Picknick ein. Wie von selbst findet meine Hand den Telefonhörer, verabredet meine Zunge frohgemut einen Treffpunkt mit unseren Freunden und plant mein Kopf den Ausflug. Leider packt sich die Tasche mit den Fress- und Liegeutensilien nicht von allein. Columbo steht bereits vor Ungeduld hüpfend in „Ich-bin-dabei!" Positur, rasiert mit seiner selbstständig gewordenen Rute die Schuhe vom Regal und quetscht seine Nase samt Barthaaren in den Spalt zwischen Rahmen und Tür. Auf drei geht's los: Eins … weg ist er! Wie der Wind rast er die Stufen hinunter, fegt gefährlich schlingernd durch das frisch gebohnerte Treppenhaus und kann gerade noch wenige Millimeter vor der verschlossenen Haustür stoppen. Man hört förmlich die Bremsen quietschen … Gemeinsam suchen wir uns ein schönes Fleckchen im Grünen. Halbschatten, ebener Untergrund und kein Nest von Feuerkäfern in Sicht: perfekt! Als alles aufgebaut und ausgebreitet ist, unterbricht Columbo seine ausgiebige Erkundungstour, er erschloss jeden einzelnen Quadratzentimeter mit der Nase, und sprengt übermütig über die Decke – quer durch das Essen. Mit gequältem Lächeln dulden unsere Freunde diesen unrühmlichen Auftritt unseres mit purem Sauerstoff-gedopten Vierbeiners und versuchen, die Becher wieder aufzustellen und den Würstchen-

Kartoffelsalat Matsch von der niegelnagelneuen Picknickdecke zu kratzen. Wir schicken Columbo weeeeeit weg und pfeifen nicht einmal, als ein anderer Hund sich nähert. Verwirrt bleibt Columbo stehen, statt wie normalerweise neugierig und ausgiebig seinen Gefährten zu begrüßen und frühestens beim dritten Rufen auch nur daran zu denken, wiederzukommen. In weiten Kreisen zieht Columbo nun seine Schnupperbahnen rund um unsere Decken. Ab und zu kommt er zu uns, lehnt sich an meine Seite, schlabbert am Fuß meines Freundes oder robbt sich verstohlen auf die Unterlage, um dem Schinken wenigstens ein Stückchen näher zu kommen. So nah und doch so fern! Argwöhnisch beäugen unsere Freunde sein Tun, sagen aber nichts, sondern lenken das Gespräch dezent auf das Thema Erziehung – im Allgemeinen natürlich … Doch Columbo benimmt sich tadellos; das vorhin war ein Temperamentsausrutscher, eindeutig! Zufrieden buddelt er kindersarg-große Löcher, so dass nur noch seine Rute aus dem hohen Gras herausschaut oder bearbeitet ein gigantisches Stöckchen, na ja, eher einen armdicken Ast mit seinen kräftigen Zähnen. Er spitzt die Ohren, um einem Vogelruf zu lauschen, hebt den Kopf, um die Flugbahn einer Hummel zu verfolgen und schaut immer wieder in unsere Richtung, um sich zu vergewissern, dass wir noch da sind und bestenfalls auch noch sein versprochener Kanten Brot, den er so gern zerkaut. Es ist ausgesprochen ruhig und harmonisch. Verdächtig perfekt. Gleich, gleich wird etwas passieren, etwas, das mir entweder Wadenkrämpfe vom Hinsprinten oder Halsschmerzen vom Zurückrufen einbringen wird. Ich kann die Unruhe förmlich riechen. Ich warte … Doch: nichts geschieht. Und so sage ich mir, dass auch mein Vierbeiner mal einen ruhigen Tag verleben kann (und möchte?) Und genieße – mit einem Blick auf unsere nun sichtlich entspannten Freunde - einfach weiterhin den harmonischen Nachmittag unter den hohen Bäumen im Schlosspark.

Als die Sonne schließlich tiefer steht, beschließen wir, aufzubrechen. Wir verstauen alles wieder in unseren Taschen, verabschieden uns und mein Freund und ich schlendern gemütlich zum Parkplatz. Und da fällt es mir auf. Columbo ist nicht da. Plötzlich läuft es mir eiskalt den Rücken hinunter. Wo zum Teufel steckt unser Hund? Mein Freund und ich sehen uns an; für gegenseitige Vorwürfe ist jetzt keine Zeit. Eilig werfen wir die Sachen ins Auto und durchsuchen - strategisch geplant, chaotisch ausgeführt - den Park. Ein Cockerspaniel, zwei Terrier und einige Promenadenmischungen, aber kein Columbo … Hektisch laufen wir an den See. Kein Hund. Panisch befragen wir die Leute. Und schließlich erzählt uns lachend eine Frau, dass sich „a wuschliga blonda Huand ins Schloss" geschlichen habe und dort die Wächter auf Trab halte. Wie der Blitz bin ich im Schloss, ignoriere die Filzpantoffelvorschrift und die Entgeltpflicht und flitze durch die langen Zimmerschluchten, während ich den Tränen nahe nach Columbo rufe. Touristen verschiedener Nationen schauen mich entgeistert an, einige machen vorsichtshalber ein paar Schnappschüsse von mir. Womöglich bin ich so eine Art „performance" … Dort, das letzte Zimmer. Im Halbdunkel des Saales erkenne ich ein goldenes Haarbüschel. Ein Tierschwanz lugt unter der barocken Chaiselongue hervor. Ich beuge mich hinunter und erblicke unter rotem Samt und Goldborte das etwas verängstigte Gesicht meines Hausgenossen. Columbo hat sich vor den Wächtern unters Sofa geflüchtet – wie zu Hause, wenn ihm etwas Unbehagen bereitet. Ich brauche ihnen sicherlich nicht zu schildern, wie ich mir überglücklich den Hund geschnappt, weniger glücklich das Bußgeld bezahlt und schließlich total erschöpft meinen Freund erreicht habe. Das nächste Picknick fand übrigens wieder in unseren eigenen vier Wänden statt!

Weitere Bücher von Barbara Schilling

Mit dem gleichermaßen tollpatschigen wie liebenswerten Golden-Retriever-Rüden „Columbo" hat sein Frauchen bereits einige sehr turbulente Jahre erlebt, die sie nicht nur zum Wahnsinn, sondern ihr auch die Lachtränen in die Augen getrieben haben. 48 Kurzgeschichten und über 30 Fotografien laden große und kleine Leser zum Schmunzeln ein!

Broschiert: 112 Seiten
Preis: 9,90 EUR
ISBN 3-8334-8021-1

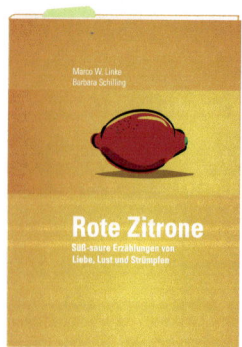

Die Sammlung humoristischer Kurzgeschichten erzählt von der Liebe und deren Widrigkeiten. Ob gemeinsames Gliedmaßen-Verknoten in der stets zu kleinen Badewanne, sockenverschlingende Waschmaschinen oder spätpupertäre Liebessehnsüchte: Die selbstironischen Beobachtungen des Autorenpaares regen zum Schmunzeln an. Und immer erkennt man sich ein bisschen wieder…

Broschiert: 84 Seiten
Preis: 6,90 EUR
ISBN 3-8334-1976-8